忽然便有江湖思

在文学的字里行间

王尧 著

译林出版社

图书在版编目(CIP)数据

忽然便有江湖思：在文学的字里行间 / 王尧著. —
南京：译林出版社，2024.4
　(王尧作品)
　ISBN 978-7-5753-0005-6

Ⅰ.①忽… Ⅱ.①王… Ⅲ.①中国文学－当代文学－
文学评论－文集　Ⅳ.①I206.7-53

中国国家版本馆CIP数据核字（2023）第250639号

忽然便有江湖思：在文学的字里行间　王　尧 / 著

责任编辑	焦亚坤
装帧设计	陆　莹
校　　对	梅　娟
责任印制	闻嫒嫒

出版发行	译林出版社
地　　址	南京市湖南路1号A楼
邮　　箱	yilin@yilin.com
网　　址	www.yilin.com
市场热线	025-86633278
排　　版	南京展望文化发展有限公司
印　　刷	徐州绪权印刷有限公司
开　　本	890毫米×1240毫米 1/32
印　　张	9.125
插　　页	4
版　　次	2024年4月第1版
印　　次	2024年4月第1次印刷
书　　号	ISBN 978-7-5753-0005-6
定　　价	68.00元

版权所有　·　侵权必究

译林版图书若有印装错误可向出版社调换。质量热线：025-83658316

在这个挤压的时代,我们能否有自己的故事和讲述故事的方式,也许决定了文学的生死存亡。

——题记

目 录

辑一	001
新"小说革命"的必要与可能	003
寻找小说艺术变革的力量	013
长篇小说写作是灵魂的死而复生	021
"新乡土叙事"随感	027
跨界、跨文体与文学性重建	037
文学批评与"文学性"重建	047

辑二	059
作为方法的中国当代文学史料研究	061
作为文学史研究过程的"历史化"	075
"强制阐释"与中国当代文学研究	089
当代文学综合研究中的分期问题	097
历史与常识	107

辑 三 125
历史经验、文化现实与文学写作 127
重建文学与精神生活的联系 137
回到文学的常识 147
统一论述的背后 159
在困境与困惑的打磨中生长 167
何谓批评家与批评家何为 173

辑 四 191
关于莫言和莫言研究的札记 193
关于汪曾祺和汪曾祺研究札记 211
谈论阎连科的一种方式 229

辑 五 247
我梦想成为汉语之子 249
关于文学批评的闲言碎语 257
我只想做一个写作者 269

跋 281

辑 一

新"小说革命"的必要与可能

在"小说革命"之前冠以"新",是因为1985年前后的小说与相关思潮的巨大变化被称为"小说革命"。"小说革命"的概念并没有被广泛使用,参与其中的作家甚至也逐渐遗忘了这一富有重要意义的表述。当我在这样的关联中讨论新的"小说革命"时,我想确认一个基本事实:在社会文化结构发生变化时,文学的内部运动总是文学发展的动力。如果这个事实能够成立,并且参照1985年前后"小说革命"的实践以及当时风生水起的思想文化景观,我不得不说出我的基本判断:相当长时间以来,小说创作在整体上处于停滞状态。

我最初在郁达夫小说奖审读委会议上发言提出这一想法时比较犹豫。尽管我清晰和坚定地意识到小说再次发生革命的必要,而且以为新的小说革命已经在悄悄进行,但我无法对新的小说革命给予一个宏观的框架和微观的定义。这与其说是我学术能力的不足,毋宁说小说发展的艺术规律反对用一种或几种定义限制小说发展,反对用一种或几种经典文本规范小说创作。所以,倡导新的小说革命恰恰表达的是解放小说的渴望。小说革命需要小说家、批评家和读者合力来完成,它是一个动态的、弹性的艺术运动。

这是我一段时间观察和思考小说创作的认识，也是作为所谓批评家自我反省的结果。其实，小说家于此是自觉的。莫言新作《晚熟的人》之"晚熟"有种种解释，我觉得"晚熟"的另一层意思是，小说艺术的发展是一个不断深化的过程。阎连科这几年的小说在方法上有重大突破，他认为我们应该在19、20世纪小说的基础上往前走。我们无法用"好"和"坏"来判断小说的状况，我们总能举出个别的例子来说"好"与"坏"。当我提出新"小说革命"时，不是基于对某一个或某几个作家的创作，也不是简单否定近二十年的小说创作。我们需要换一种方法思考问题。近二十年小说在整体上处于停滞不前的状态，无论是思想、观念、方法还是语言、叙事、文本，都表现出比较强大的惰性。我并不否认一些作家写出了优秀小说，这些优秀小说之于作家个人而言也许是重要的，但在更大的范围内其意义何在需要思考和判断。优秀小说家高水平的徘徊，在一定程度上既是惯性也是惰性。

我们这一代人参与或见证了80年代以来的文学发展，今天那些在文学史上留下了作品的作家，或者已经被我们遗忘的作家，几乎经历了"革命性"的变化。1985年前后的"小说革命"，是历史转型时期文学与思想文化互动的结果，其他文学样式如散文、诗歌、话剧等在文化选择和艺术精神上也同样发生了深刻的变化。尽管我们把"先锋小说"和"寻根小说"视为"小说革命"的主要成果，但在更广泛的意义上，"小说革命"体现了中西对话结构中的艺术创造精神。"小说革命"不是简单的"断裂"，而是"联系"中的断裂；不是简单的以"新"代"旧"，而是以"新"激活"旧"。"寻根小说"和"先锋小说"便是以回归"传统"和学习"西方"两种不同的方式回应现代性诉求，前者于旧中出新，后者在新中更新。如果我们把80年代的"小说革命"做一极其简单的表述，那就是小说家在任何时候只是小说写法的创造者而不是小说写法的执行者。即便是模仿，也只是过程而不是结果。

但是，80年代在文学和思想文化上是一个"未完成"的年代。其文学和思想文化生产的一个重要特征是，在与历史遗存的"禁区"构成的紧张关系中突破并产生意义。我所说的"未完成"，在这里主要是指80年代并没有完成新的文化运动，没有形成思想文化再生长机制。因此，在90年代市场经济终于突如其来时，包括作家在内的知识分子方寸大乱。"人文精神"的讨论和不了了之，验证了我说的再生长机制阙如的问题。如此，我们不得不复杂地面对一个似乎已经成为历史的80年代。一方面，我们无论怎样强调80年代的重要性都不为过；另一方面，尽管80年代仍然延续在当下并成为重要的思想文化资源之一，但其经验也显得淡薄乏力。我们在讨论80年代时，对具体事件和文本的重视，远远大于对超越具体事件和文本的意义与价值的抽象概括和提炼。于是，在一定程度上，作为精神的80年代和我们当下的生活是断裂的。但80年代文学又始终作为重要的参照用以裁剪90年代以来的文学，90年代以后的文学创作多多少少被80年代遮蔽了。即便是那些90年代以后的创作已经超越了80年代的作家，我们在文学史的论述中仍然侧重他们80年代的创作，遑论顾及其他作家作品。当90年代以后文学秩序发生重大变化以后，"小说革命"的精神散落了，其中的错觉之一是以为未完成的"80年代"已经完成了。

回到小说本身，我们可以看到小说的艺术创造抱负和探索是在什么样的关节点上被压抑和平庸化了。80年代的"小说革命"以及其他文学样式的革命性变化是完成了从"写什么"到"怎么写"的转换，其中包括了形式也是内容、文学不仅是人学也是语言学等新知。在谈到"先锋小说"的式微时，许多作家和批评家都把后来又重视写什么故事视为重要转向。当"怎么写"不再成为一个话题，或者不再是一种抱负和探索时，可以说"先锋"已经成为常态，但这不意味着常态总能产生"先锋"。90年代以后小说写作的历史表明，"写什么"固然是一个问题，但"怎么写"并没有真正由形式成为内容。

这样的蜕变与小说家和现实、历史之间失去广泛而深刻的联系有关。80年代回到文学自身的"纯文学"重新处理的是文学与政治的关系，90年代以后在政治之外，文学与市场、新媒介的关系成为重点，但实际上现实世界已经是政治、市场和经济诸多因素的混杂和融合。不管语境如何变化，文学总是在一种社会结构中生成的。我们之所以追思80年代，并且对80年代并不完美的作品进行了历史化处理，很大程度上是因为那些作品是在历史的变动中产生并以文学的方式参与了历史的重建。晚清、"五四"、80年代（或新时期）的作家和文学，都是在历史的变化中获得了内容和形式，发育了个体和群体。现代作家与现代中国变革互动的景观不再，这是我们内心的疼痛。我们可以把这种局面的形成归咎于外部因素，我们也可以找到种种在道德上解脱的理由。但是，对一个作家而言，他的沉默如果是有所思，那么他的作品会是另外的气象。现在需要直面的问题是：作家的沉默，往往是各种能力的退化和萎缩；如果退化和萎缩只是假象，那么其中的所有策略对小说创作而言都是一种伤害。

　　我在这里不想简化小说家与现实的关系，也不赞成用紧张、妥协等极端化的词语来形容文学与现实关系的状况。马克思主义经典作家所说的文化批判，仍然是我们处理文学与现实关系的重要思想武器。这里的核心问题是，小说家如果没有自己的世界观和方法论，他就不可能创造出一个在现实之外的意义和形式的世界。当下小说创作一直徘徊在"现实"和"文学性"这两个宿命一般的大词之间，进退维谷。这里不仅有距离的问题，还有从感受到审美的转换问题。小说家们直面"现实"的眼光确实是钝了,有相当一部分作家理解的"现实"仅仅是被媒介所塑造出来的真实或者是一地鸡毛缠绕的现实。"个人主义话语"被庸俗化后,暗渡为单薄自伤的"我自己"的"故事",广袤的世界被缩减成为极为逼仄的"一隅"。我并不是以崇高和宏大叙事的名义质疑其他写作的合法性,而是担心久而久之丧失了"我与世界"的连接能力。在这样的现实中,鲁迅是不朽的,但人性已经不完全是阿Q、祥林嫂和闰土式的。如果反观自身,我们就知道人啊人已经"进化"到什么程度。

当我们说小说的技术成熟甚至以为技术已经不是问题时,其实已经把技术和认识、反映世界的方法割裂开来。这是长期以来只把技术作为手段,而没有当作方法的偏颇,这是小说在形式上停滞不前的原因之一。一方面,过于沉溺于琐碎饾饤的小说技术反而会逼窄小说的格局和其更丰富的潜力,"技术中心主义"也在一定程度上悬置了作家的道德关怀和伦理介入;另一方面,我们对小说技术的浅尝辄止,又妨碍了小说尤其是长篇小说的结构能力。和想象力的丧失一样,结构力的丧失是当今文化发展的重要症候之一。结构力归根结底取决于作家的世界观和精神视域的宽度以及人文修养的厚度,19、20世纪的经典小说的巨大体量来自小说家们宏阔的视野,无论是现实主义巨匠如托尔斯泰、陀思妥耶夫斯基，还是现代主义大师乔伊斯、纳博科夫，都是如此。小说家在完成故事的同时，需要完成自我的塑造，他的责任是在呈现故事时同时建构意义世界，而不是事件的简单或复杂的叙述。80年代"小说革命"的一个重大变化是，语言不再被视为技术和工具，语言的文化属性被突出强调。我们这些年来对汪曾祺先生的推崇甚至迷恋，与此有关。我们今天面临一个常识性的问题：没有个人语言的技术，其实只是技术而已。

小说的状况与批评家对小说的阐释有关。这些年来，关于文学批评的非议，或曰失语，或曰缺少批判精神，概而言之是批评家不能正视小说存在的问题。我以为这些问题是存在的，身为"批评家"的我也在检视和反省这些问题。但如果只是在这个层面上谈论文学批评，谈论文学批评与小说创作的关系是不够的，甚至是肤浅的；同样，对小说文本和批评家的文字攻其一点而不及其余的批评也不是真正的批判。90年代以来，文学批评已经不复80年代的景观。从大的方面说，这与文学未能参与历史进程有关，尽管原因是多方面的。文学创作和作为知识生产的文学批评在社会生活中传播和循环的方式发生了深刻的变化，其中之一是作家与读者、批评家的关系不再是单一的阅读和批评的关系。

在这里，"市场"与"文学史"是小说家和批评家两个特别重要的空间，这两个空间的大小又随着时间变动不居。对一个有抱负的小说家而言，他通常是想兼得鱼与熊掌（在一般意义上，一个写作者总期待他的文本能够与批评家相遇）。在文本与市场、读者的关系中，文学批评不再是主要的媒介，批评家引导读者和市场的作用更多的是在"发布会"中完成的；让批评家尴尬的是，作家作品的发行量并不取决于批评家的鼓吹。这是90年代以来文学批评面对的新状况。但这并不影响文学批评的存在，批评家仍然有一个似有似无的坚强堡垒：什么标准和"文学史"权力。尽管任何一个批评家都不具备让某部作品入史的权力，而且需要谨慎地、有限度地使用这种权力，但批评家的责任仍然是发现小说家、发现小说中的新的具有变革意义的因素，并去除文学之外的种种遮蔽，戳破虚假繁荣的幻象。如果没有这种发现，小说家的敌人除了自己外，还有作为敌人的批评家。

如果说，新的"小说革命"已经不可避免，那么小说新的可能性就存在于我们意识到的和没有意识到的困境之中。

寻找小说艺术变革的力量

如果不纠缠于某种文学主张或理论的偏颇，改革开放以来文学实践中的诸多思潮都是在寻找文学变革的动力。重新处理文学与政治的关系，确立"二为方向"、重申"双百方针"，给当代文学带来了历史的、结构性的变化，由此才有了"文学性"的重建。回到文学自身的"纯文学"思潮、"现实主义冲击波"等都是在结构关系中关于"文学""文学性"的追问，表现在文学文体上，80年代"寻根"与"先锋"便是对"小说"的重新定义，近十年来"非虚构写作"则重新定义"散文"或"报告文学"并波及我们对"虚构"的理解。当我们说"寻根小说"时会承接中国小说叙事传统，而"先锋小说"则和西方小说有了横向的关联，至于"寻根"与"先锋"也不是简单的相互对立或并列。各种思潮、文体在结构关系中互动并形成张力，可以视为文学发展的规律。在一次网络文学会议上，一位朋友对我说：你们学院研究的文学已经是"旧文学"，而我们的文学才是"新文学"。我们未必认同这一说法，但文学确实发生了结构性的变化。随着越来越多的跨文化、跨学科、跨文体现象和问题的出现，单一的或者二元对立的讨论，似乎都无法解释改革开放以来文学的历史经验和当下复杂状况。

对当代文学这样一种变革轨迹及相关动力的阐释在文学研究

中相对薄弱，我们呈现和论述的通常是变革的结果以及从复杂历史语境中剥离出来的作家作品。因此，发现和强化文学发展的变革力量在今天仍然是一个重要问题。我2022年在郁达夫小说奖审读委会议上提出新"小说革命"主张，试图在新的文化现实中重温20世纪80年代曾经的"小说革命"经验，正视小说艺术发展的停滞状态，呼唤小说在内容和形式上再度发生"革命性"的变化。这一主张引起一些反响，则在我预料之外。随后的讨论见仁见智，无论是否认同"小说革命"这一说法，大致都意识到小说发展之必要。我曾在文章或访谈中回应一些问题，或者补充自己的说法，核心观点之一是，我想以此主张激发或是增强小说家写作的创造性意识。我无法提出完整的"小说革命"理论和路径，这与我个人能力有关，但更多是我意识到因人而异的小说不是理论能够规范的，不能用一种小说去定义另一种小说，"小说革命"是一个动态的完成过程。"小说革命"主张的有效性在于它意识到小说写作的困境，并明确以创造性的变化为小说艺术带来新的可能。

在讨论"小说革命"这一主张时，有什么样的问题意识便有什么样的思路和方法。我觉得我们发现问题的视角或许需要调整，我不赞成用"肯定"或"否定"来评估小说创作的状况，更不赞成"抽象肯定"但"具体否定"这种权宜的办法。有朋友担心，"小说革命"的主张会不会否定这些年来的小说创作成就。其实，没有谁能够用激进的方式去否定小说创作的成就，也无法以激进的方式去摧毁小说的体制。如果稍微深入小说的内部，我想说，即便在已经初步经典化的作家那里，就小说艺术本身而言这些年来几乎都是在"惯性运动"中。确实，越来越多的小说家成熟了，成熟的危险是小说家自我循环和复制，虽然讲述的故事不同，写法也有差异。尽管我们没有任何理由要求一位作家每部小说都要在突破中往前走，但残缺的创造性写作远比稳定的保守性写作重要许多。如果多数小说是在小说家固有的水平面上，那么这种状态可以视为艺术上的停滞状态。我倾向于认为这种停滞状态不是个别的，而是整体的，我们很少能从小说中读到陌生化的经验，这是我认为小说需要革命的必要性之一。

这里还涉及对年轻一代小说家的评价，在局促的时空中代际划分便于讨论问题，但在长时段中代际划分的意义就不那么重要了。年轻一代作家不是生活在与己同台的前辈的阴影中，而是历代作家所创造的小说成就既滋养了他们，也压迫了他们。具有话语权的批评家往往更关注同辈作家，抑或是年轻一代小说家，所以很多具有新素质的小说家作品可能被疏忽了。年轻一代对生活的感知、认识和艺术表现，一方面可能具有新气象，另一方面也可能和前辈作家一样保守，是否具有创造性或者出现新素质，这是需要仔细分析的。洞察小说创作的困境并诚实地说出来，其实也需要勇气（暂时不要提高到艺术良知这个层面）。包括我自己在文学批评中也常常是耐心而温和地发现小说家文本中的新素质。发现种种新素质是必要的，"小说革命"是在种种新素质累积中完成的，但在面对整体的艺术停滞状态时，我们需要同时发现问题。

文学的变革或革命性的变化，是文学"外部"和"内部"互动的结果。在处理文学与外部关系时，由于历史的经验教训，作家通常会相对谨慎。在对当代现实主义文学已经有过深刻检讨之后，在一般的意义上谈论小说家与现实的关系可能没有太多必要。小说写作现在面临的问题不是现实的丰富复杂远胜于小说，因为这两者是不同的逻辑；我个人觉得，小说家在一定程度上已经陷入无法正确认识现实也无力把握现实的困境中。新文学百年前也遭遇过百年未有之变局，在当下遭遇百年未有之变局时，曾经的未有之变局和现在的未有之变局重叠在一起。在变局之中，小说家可能是渺小的、微弱的，但小说家又不可避免地有着自己的抱负——如何自处、如何从现实中获得滋养，直到形成自己的世界观和方法论，将对小说创作产生关键影响。其在特定语境中，文学"外部"和"内部"的边界被划分出泾渭，但我越来越觉得笼统讲"外部"可能会影响我们对"内部"问题的思考。"外部"与"内部"越来越互通和交融，小说家在什么意义上融入"外部"，独立于"外部"；"外部"如何成为"内部"的资源，而"内部"又如何来结构"外部",这些问题或许都可归结为小说家结构世界的能力。如果小说家在"现实"中失措,返回"历史"时同样可能会迷失。

如果在"方法论"意义上谈论"小说革命",我一直认为世界观和方法论决定了小说的方法,并具体反映在小说的结构、形式、故事、细节和语言中,也就是小说的叙述方式中。如果结构世界的能力削弱,思想、故事和语言就有可能处于"瘫痪"状态。当我们说一个作家的文学世界时,这个文学世界不能缺失意义的建构,而这一点无疑与作家的"思想"有关。但小说家的写作不是思想家、哲学家式的写作(即便是"思想小说"),他赋予文本的思想或意义是以审美的方式完成,是在叙述一个有意义的文学世界中完成的。它弥漫在小说的肌理中,而不独立于小说内部结构之外。意义蕴藉于小说文本中,为读者提供了认识世界和人性的框架或视角。这是我们读曹雪芹、鲁迅、沈从文,读托尔斯泰、陀思妥耶夫斯基、卡夫卡等作家的感受,在萧红和张爱玲那里我们也有同样的感受。马尔克斯《百年孤独》中那句著名的开头影响深远,它是一种叙事,也是观察历史和人性的一种视角。所以,我倾向于认为小说的思想、结构、形式、故事、语言作为一个整体,与小说家的世界观和方法论有关。

这个世界并不缺少故事,我们为什么要煞费苦心讲故事?故事是通过设计"冲突性"的情节完成，还是在叙述人物内心世界的矛盾中推进？小说是虚构，非虚构在小说中的功能是什么？如果小说是写语言，那么语言在小说中究竟是什么？如果小说家没有自己的语言，小说的价值会受到多大影响？形式在什么意义上又以什么方式成为内容？回到小说的叙事传统是否能够解决小说家的文化身份问题？我们需要再思考的问题很多。小说的体制是在长期的艺术积淀中形成的，但也固化久矣。我们无法在这个体制外完全另起炉灶，"革命"是在联系中断裂、在断裂中联系的，但固化的小说体制确实在观念上限制了小说写作。艺术的积淀其实也是推陈出新的过程，小说的体制到了需要重建的时刻。

长篇小说写作是灵魂的死而复生

仍然想写作的、可以称为小说家者,在当下都面临着一个"突围"的问题。以长篇小说论,它所有的难题几乎都呈现出来了,而且是文本内外都有难题。上个世纪90年代以来,重要的作家都是以长篇小说来完成自己的转型,并寻找突围之路的,比如莫言、韩少功、贾平凹、李锐、张炜、王安忆、史铁生、阎连科、格非、余华和林白等。一些作家的跟头也跌在长篇小说写作上。我们确实可以把长篇小说的写作视为对小说家的"综合考试"。我们能举出一批可以用来讨论的长篇小说文本(那些失败的长篇小说通常是禁不住讨论的):《丰乳肥臀》《檀香刑》《马桥词典》《白鹿原》《九月寓言》《长恨歌》《旧址》《务虚笔记》《废都》《秦腔》《在细雨中呼喊》《受活》《花腔》《人面桃花》《妇女闲聊录》等,这些长篇小说呈现的新素质需要我们特别关注,它们是否能够为长篇小说写作带来新的内在动力,还需要观察和引导。

由于文学生产方式的巨大变化,长篇小说写作中的虚幻之景与嘈杂之音正在影响和改变写作者、批评者和读者的视听。长篇小说的急遽膨胀是这些年来文坛最为怪异的现象之一,似乎从来没有哪一个时期像今天这样,有一大批写作者以放肆的方式染指长篇小说。写作中的层次和恐惧如此之快地消失,对文体的尊重和对文字的敬畏也随之不同程度地丧失。我个人的感觉是哭笑不得。以我的阅读经验以及我对长篇小说的理解来看，当一批写作者以为自己和长篇小说联系在一起的时候，其实还是远离长篇小说的，他们在"经营"长篇小说时"颠覆"了长篇小说。号称长篇小说的种种读物层出不穷，长篇因此成为当下文坛最为活跃的文体。这意味着一批写小说的人在不算长的时间里已经被消费主义意识形态改造成功，长篇小说的写作与出版正在逐渐沦落为一种文化符号的消费。当这种现象和当下文学的生产方式联系在一起并深刻地改变着整个文学生态时，我们不能不保持必要的清醒与警惕。

我们不妨说长篇小说写作是灵魂的死而复生，而不首先是技巧的耍弄。这里我要特别提到"世界观"对长篇小说写作至关紧要的作用。90年代以来当代中国的文化转向，再次考验着作家的世界观和文学观，而不是挑战技术层面上的写作能力。多年来，在我们的文学批评和创作谈中，"世界观"这个词几乎是被搁置甚至是被废弃的。我觉得，我们必须坦诚面对众多小说家业已改变了对世界的根本看法这一事实，正是这样一个根本性的变化，许多优秀小说家才对历史与现实、世界与中国，对人性的历史和人类当下的处境等一系列重大问题有了新的认识。这个变化是天翻地覆的，小说的形态与境界也随之大变。即使是与70年代末80年代初中期相比，作家世界观的变化也是显著的。比如，贾平凹晚近的《秦腔》与80年代的《浮躁》，作者对"乡土中国"和现代化的认识差异十分之大；莫言的《丰乳肥臀》对战争与人性及中国现代史的理解相比于《红高粱》同样如此；我们通常把林白视作女性主义写作的代表性作家，但《妇女闲聊录》的写作不能不让我们重新认识当初的一些结论；格非的《人面桃花》不仅强化了小说与叙事传统的关系，而且也让我们重新判断先锋写作的历史渊源。

如果没有这样的变化，没有在变化中重新确立观察和把握世界的支点，我认为就没有莫言的《丰乳肥臀》《檀香刑》，韩少功的《马桥词典》《暗示》，贾平凹的《废都》《秦腔》，阎连科的《坚硬如水》《受活》，李锐的《旧址》《无风之树》，张炜的《九月寓言》，陈忠实的《白鹿原》，格非的《人面桃花》，李洱的《花腔》等。作为小说家的这些写作者，都曾经在他们生活的那个世界中"死"去一次，如凤凰涅槃一般。对于在当代成长起来的中国作家而言，如果没有世界观的变化，他们只能被他们无法选择的历史和无法脱离的现实挤压，也即无法用长篇小说的方式拓展出一个新的人性世界。毫无疑问，我这样的表述丝毫不排斥技巧和方法，因为我的论述不是让小说家成为哲学家。相对于一大批作家浑浑噩噩的世界观而言，今天的小说写作也已经进入技术主义流行的时代，我们已经不缺少成熟的技巧。我比较担忧的是，一批写作者从来没有认真观察和思考过这个世界，也从来没有得出自己的结论，苍白的灵魂无处着落。这正是许多长篇小说空空荡荡、徒有形式的原因。优秀的小说家不仅有自己的"想法"，而且在重新获得对世界的认识之后找到了观照和把握世界的审美方式。

小说家世界观的变化同样反映在对中国叙事传统的再认识上。在对小说形式的再思考中，越来越多的小说家开始由"世界"返回"中国"，小说与叙事资源的关系问题重新引起大家思索。这一"往后退"的现象应该是中国作家回应西方现代性的必然。其实，在"寻根文学"开始之初，许多作家和批评家就开始思考当代小说的中国文化意识和审美意识问题。对这个问题的研究断断续续发展到今天，尽管路径不一，但大有殊途同归的迹象。我个人觉得从传统出发，而不是回到传统，正是寻求汉语写作新的可能性的途径。当年汪曾祺先生就说过，只要用母语写作就不可能离开传统。如果我们能够激活传统，当代中国经验在长篇小说中就会以新的形式表现出来。这是我们共同的期待。

"新乡土叙事"随感

关于"新乡土文学"或"新乡土小说"的命名与论述，一直是新世纪以来文学批评、文学史研究中时隐时现的线索。对"新"的强调，或许是基于"乡土文学"写作新貌和"乡土中国"新变，抑或呈现了批评家对"乡土文学"新可能的期待。在我看来，"新乡土文学"仍然在生成之中，因而我更倾向于用"新乡土叙事"这样一个相对宽泛的概念来描述乡土文学的变化。

很长时间以来，鲁迅先生1935年为《中国新文学大系·小说二集》所作的序，成为我们研究中国现当代乡土文学的经典论述。"乡土文学""乡愁""赤子之心""已被故乡所放逐"等，这些仍然是我们讨论乡土叙事的关键词。上个世纪80年代的夏天，我曾在贵阳的一家餐厅见到用餐的蹇先艾先生，当地朋友悄悄指着一位戴眼镜的老人说，他就是蹇先艾。我立刻肃然起敬，想起鲁迅先生说过的那些话。这是1987年的夏天，我从江南到贵阳，领略和体验了不一样的乡土和乡土之上的风景。那年雨水充足，我目睹了宏阔奔腾的黄果树瀑布，壮怀激烈，完全忘记了鲁迅先生征引过的蹇先艾的文字："童年的影子越发模糊消淡起来，像朝雾似的，袅袅的飘失，我所感到的只有空虚与寂寞。"十多年以后，已经是新世纪初年，我再次去贵州某地漂流，在河道上听闻关于当地生活状况和女性命运的一些说法，不免有塞先艾回忆童年时的感觉，"有点凄寥撞击心头"。从那个时候开始我意识到，关于乡土的叙事，其实首先不是文学史问题，而是何为乡土生活的问题。即便在今天我们讨论"新乡土叙事"时，仍然面临这样的问题。就此而言，不能不说，我们的写作者和批评家对新乡土生活越来越陌生。

在我的印象中，高晓声因《李顺大造屋》《陈奂生上城》等小说声誉鹊起时，曾经有学者在现代乡土小说的脉络理出三个关键人物：鲁迅、赵树理、高晓声。我们今天当然不必以此来讨论高晓声的文学史地位，但高晓声的《李顺大造屋》倒是让我想起茅盾1936年《关于乡土文学》的一段话："在特殊的风土人情外，应该还有普遍性的与我们共同的对于运命的挣扎。"启蒙主义的立场在面对李顺大和陈奂生时并不完全失效，我也曾经以这样的立场看待他们，但可能会忽视"我们共同的对于运命的挣扎"。如果说《李顺大造屋》是历史转折前农民如何在被折腾中挣扎的写照，那么，陈奂生系列则是改革开放以后乡土生活的另一种景观。我们最初读《陈奂生上城》等小说时，会觉得陈奂生滑稽可笑，也会以为陈奂生和阿Q一样有需要我们进行解剖的"国民性"。这是解读乡土文学的一个角度。

如果超出乡土文学的范围，新时期文学的基本主题确实如季红真所说是文明与愚昧的冲突。除了这种冲突，是否还有另外的问题？比如文明的诱惑。我个人以为，陈奂生系列小说还存在另外一个主题，这便是文明的诱惑。这种诱惑不仅在乡村也在城市蔓延。从我们熟悉的路遥的《人生》到阎连科的《受活》，都存在一个文明诱惑下的乡土生活问题。十多年前，批评界曾经讨论过"乡下人进城"这个命题，进城便是"诱惑"使然。我在读奈保尔《大河湾》时，想到的就是文明的诱惑几个字。市场经济后的种种现象，其实不妨说是"文明""诱惑"的结果。再回到陈奂生系列，陈奂生的转业与出国，呈现的是文明与愚昧并置的空间，这是我们在两种冲突之外发现的另一种状况。不管怎样，这个空间重构了，生活于其中的人们，无论顺势、逆势，还是适应、盲从，抑或隔膜、沉沦，世界变化了，中国变化了，乡土变化了。这就有了新乡土生活，而后才有新乡土叙事。我们可以看到在新乡土生活中，阿Q、假洋鬼子、祥林嫂、闰土等都还活着，但他们或她们早就繁衍子孙，这些后裔的人性复杂性已经超过其祖辈，或者退化了。这当中，值得我们关注的一个重要问题是，当下的乡土中国，无论是人还是事甚或土地的变化，常常是以文明的形式潜藏或呈现愚昧。

乡土中国的变化远远超出我们的想象，正是在这个变化中，历史和当下的乡土中国都不断被重写和再发现。就历史的写作而言,《白鹿原》《生死疲劳》《笨花》《古炉》《平原》等都重新发现了乡土中国的现代史和当代史,这或许是关于"旧乡土"的叙事。我所理解的"新乡土叙事",是着眼于变化了的当下中国,也就是讲述"新乡土"的故事。如果以贾平凹的写作为例,我们可以看出从《浮躁》到《土门》《白夜》《高老庄》,再到《秦腔》,其中所呈现的乡土中国发生了多大的变化。这个变化之大,我们可以借用阎连科的小说《炸裂志》中的"炸裂"两个字来形容。我个人以为,《秦腔》和《炸裂志》从不同的层面终结了"旧乡土"的写作,标志着"新乡土叙事"的开始。

和我们以前所面对的文本与语境不同,可以归纳到"新乡土叙事"中的文本在意涵和形式上是不同的。梁鸿关于"梁庄"的非虚构系列作品受到很大关注,自然与"非虚构写作"的兴起有关,但更为重要的是,梁鸿想以"村庄志"的形式呈现我们视而不见或习以为常的乡土中国。在梁鸿看来,中国当代村庄仍在动荡之中,或改造,或衰败,或消失,而更重要的是,随着村庄的改变,数千年以来的中国文化形态、性格形态及情感生成形态也在发生变化。其实,梁鸿同时还表达了"不变"的部分。无论如何,变化成为常态。而在变与不变之中,贫苦是一个基本的问题。近几年的新乡土叙事作品中,我们同时还看到了写脱贫攻坚的电视剧《山海情》等。在小说创作中,范稳的《太阳转身》也试图以新的方式表现"太阳转身"后的大地和古老山寨的现代之旅。我提及或未提及的新乡土叙事，或许都可以找到现实主义创作方法的力量，也可以归纳出作家与现实关系的不同类型，但我觉得在重视创作方法的同时，仍然不能忽视作家对现实的价值判断。

我们可以用不同的价值判断来叙述"新乡土"的状况，比如传统/现代、中国/世界、文明/愚昧、中国经验/中国问题、联系/断裂以及城/乡等。这样一种可能恰恰说明了作为文化现实的"乡土"之复杂。乡土中国变化的特征之一，在空间上是城乡边界的模糊或消失混杂，单一的观察、再现、叙事已经不能充分呈现乡土中国的面貌。其中的许多问题，已经需要跨界融合。当年费孝通写作《小城镇 大问题》等文章时，更多的是从社会特别是经济层面来讨论城乡问题的。小城镇是新乡土中国一个特别的空间，特别是在乡村城镇化之后。如果在城/乡的结构中讨论，我以为人文结构的颠覆和重建是其中一个突出的问题。我们通常会说到生态、土地流失、人口老龄化等问题，但我觉得更大的问题是人文的危机。曾经维系乡土的人文价值体系急需重建。无论是在乡土，还是在城市，这一危机始终没有缓解。这是新乡土叙事和相关批评需要关注的重点之一。

新乡土叙事的"新"自然包括叙事的新，这对作家和批评家都是一种考验。作家以什么样的身份介入和叙述新乡土，需要新的思考。启蒙主义立场影响了几代作家的乡土叙事，在文化现实之中，这一立场仍然有效但已经不够。鲁迅先生在他的序言中提到了乡愁，离开故乡到异乡之后对不复存在的"父亲的家园"的怀想是美好的，但这些年关于乡愁的表述更多的是城市"侨寓者"的自我安慰，是虚幻的乡土而非真实的乡土。就此而言，抒情诗人在面对新乡土时的词语与大地没有实质性的关系。我的这一想法，改变了我写作《时代与肖像》的路径和对记忆的选择，我抑制住了自己可能出现的矫情。新乡土叙事的写作需要作家建构新的世界观和方法论，这是一个无法给出答案的问题，但我相信新乡土叙事在呈现广阔而深邃的乡土世界的同时，一定会同时建构起作家的世界观和方法论。

几代乡土叙事者都曾经在乡土中生活过，而不仅仅是因为写作访问过乡土。他们先是乡村之子，而后才是作家。如果从代际看，越来越多的年轻作家熟悉的是都市生活。这未必意味着"乡土文学"不可避免的式微，除了那些更为年轻的乡村之子会用他们的方式叙述乡土，也许会有更多的超越个人经验而关注乡土叙述的写作者。在这个过程中，乡土、城市、乡土中国也会重新定义。通常情况下，一个人的写作总是从故乡出发的。我二十二岁离开那个村庄，我的优势和局限都与村庄有关，它是我的血肉之躯。尽管后来自己转型了，但在那里二十二年的生活是我转型的基础。我青年时期的欢乐、悲伤、哀愁、希望、绝望、温暖、苍凉都是在那里生长的，其中一些要素延续至今。我生活在水边，我把庄前那条河命名为未名河，河水洗过我的身躯，也洗过了我的文字。我的审美感受和文字气息与这个村庄有关。去年秋天，我母亲突发心梗去世，遵照老人的遗愿，我们把老人的骨灰安葬到村庄了。我现在坐在书房里，书架上有我母亲的照片，照片里的母亲看着我的背影，很多年前，她和我的父亲在桥头，就是这样看着我的背影，看着他们的儿子离开这个村庄的。我经常在心里缅怀母亲，我向着北方遥望那个村庄。这个时候，我对村庄的情感已经超越写作本身，而且越来越意识到我对那个村庄也陌生了，新乡土正在覆盖我的旧乡土。

跨界、跨文体与文学性重建

中国有悠久的文章传统，如果沿用文章的概念，"跨界写作""跨文体写作"的命名也许没有太多的意义，传统的文章不是现代的文体概念，但包含了文学的、非文学的各种文体或门类。当"文章"中的"文学文体"单列出来，通常把文章中具有审美价值的那一部分视为"文学"，小说、散文、诗歌与戏剧成了文学的四种文体，小说则主导了文学的秩序。文章的概念仍然在模糊地使用，但能称为"文章家"的人很少，现代写作者大致上愈往后愈远离文章传统，想象和虚构的能力在写作者那里更被看重。在谈论文学时，可以说散文是文章，说文学评论是文章，但一般不会把小说、诗歌、戏剧称为文章，而以前的文章涵盖了小说、诗歌和戏剧，这是否说明散文和文学评论的"文学性"是不确定的，或者是模糊的？传统的文章在现代以后被重新理解，大而化之的概念也逐渐被分类和定义，这是传统文章遭遇到的"现代性"冲击。如果没有被定义的边界，文学文体就不复存在，跨文体写作是基于不同文体而言的。近二十年来，跨文体写作一直在策划和实践中，也被视为后现代的产物。或许因为如此，有学者对通过外在因素推动的跨文体写作持有异议。近几年来，跨界写作也成为一种现象。所谓"跨界"，最通俗的说法是写作者既在这里也在那里。既在这里又在那里的"跨界"写作,是否会影响"跨文体"写作?我想,所有"跨"的背后,涉及文体融合与分离的循环以及文学性的重建。

文学文体的沉浮聚散也是考察当代文学史的一条线索。以我的观察,戏剧文学中的"话剧文学"逐渐式微,我们现在很难像讨论曹禺、老舍的作品那样讨论话剧。老舍的《茶馆》之后,我们能够讨论的当代经典剧本微乎其微,20世纪80年代曾经轰动一时的话剧能够入史者逐渐减少。"影视文学"的兴起,调整了"戏剧文学"的边界,但"影视文学"的文学在哪里?作为文学剧本的"影视文学"在文学杂志上几乎阙如,影视剧本大多数成为拍摄用的"脚本","影视文学"的研究通常划到"艺术研究"中。这里的"艺术"是在"文学"之外的狭义的"艺术"门类,在学科目录中,文学与艺术是两个类别。大学体制中,"影视文学"或"影视艺术"也基本上从中文学科分离出去,划到传播学或艺术学,尽管这些专业的学生最终获得的都是"文学"学位。如果不拘限于四分法的"文学性",那么就需要重新审视和界定"影视文学"的"文学性"。在文艺生产方式变化的过程中,"媒介"成为一个要素,"网络文学"的兴起并不是"文体"的变化,是对文学性、文学生产方式等多方面的挑战;这个变化还带来知识生产方式的变化,不仅是文学研究视阈、内容、方法和传播的变化,"学术性"也在重建之中。

　　这是否意味着在文学内部,曾经的边界也在松动,对"文学性"的理解也在变动中?我在前面说过,散文是最具"文章"特征的文体,在广义的散文被文学化后,散文内部的体式也不断在裁员,序跋、杂文(亦称为小品文、小品)、特写(后来逐渐被报告文学替代)等都从散文中消失,或独立门户,或流离失所。在这个过程中,一些学者甚至认为"散文"便是"艺术散文",但对于什么是"艺术散文"的"艺术"也即散文的"文学性",则无法给予大致清晰的回答。另一个问题是,散文被广义后就失去"文学性"?我们不能疏忽的是,散文无论是广义的,还是狭义的,它的文体特性恰恰是边界的散,这也是定义的边界。即便将散文由文章转入文学,关于散文的定义仍是模糊的,现代散文理论则保持了散文文体足够的弹性。当代批评家按照自己的理解来裁剪文体,只能心有余而力不足。在这样的背景下,1990年代有作家和杂志倡导"大散文",其实是回到散文的"本体",并且有限度地模糊"散文"与"文章"的界限。今天我们对"文化散文"或"文化大散文"中的一部分作品有否定性的意见,我也曾经质疑和批评过一段时间"文化大散文"创作中的问题,但是"文化散文"或"文化大散文"不仅在"文体"上解放了散文,也敞开了面对历史、现实、社会和自然的空间。

我由散文谈文体的问题，很大程度上是因为散文是文学的母体。文体的嬗变，特别是突破原有的框架而产生新的融合，这便是文体本身的"跨界"。跨界之后，能否产生新的文体则需要漫长的历史时间来回答。曾经的跨文体写作，确实产生了一些新的因素，但迄今未形成新的文体。我们近几年谈论比较多的"非虚构写作"，常常从国外的"非虚构"谈起，国外"非虚构写作"对中国作家的影响是毋庸置疑的。如果在中国当代文学的脉络中考察，也许我们可以说，"报告文学"和"文化大散文"的发展，其实也是"非虚构写作"的源流之一。在这个层面上，我认为"非虚构"不是一种新的文体，它仍然是"大散文"；但它作为一种世界观和方法论，重建了写作者和对象的关系，是一种新的文、史、哲的融合。与"非虚构"对应的"虚构"，以小说为例，也是在文体的分离与融合中独立和发展的。在散文与小说之间，文体以"非虚构"与"虚构"为界。但在讨论小说的散文化时，我们最初讨论的不是"虚构"中的"非虚构"（写实），而是关注小说如何借鉴散文艺术并使小说文本具有散文的文本特征。当代作家中，汪曾祺通常被视为小说散文化的代表性作家，他自己也曾回答过何为小说散文化。我的基本判断是，汪曾祺重细节、重氛围、重意境，不重故事、不重结构、不重冲突的小说写作，其实是把小说当文章写的。他是在小说内部融合了散文或文章的写法，而不是在小说和散文之外去创造新文体。这是中国作家的经验,今年的布克国际文学奖则带来了新的信息。我在4月的媒体中读到一则文学新闻,云:今年国际布克奖短名单突出了那些"真正突破了"虚构与非虚构界限的作品。一百二十五本小说中进入最后决选的是六部小说,评委们发现,他们倾向于那些模糊了虚构与非虚构界限的作品。《新京报》吴俊燊的文章转述了评委会主席露西·休斯·哈雷特的说法:"当然,在我们读过的许多书中,有你可能称之为好的、直截了当的、老式的小说,它们从头到尾都在讲述故事。但总的来说,我们发现最令人兴奋的是做了一些稍有不同的事情的小说。""小说有很多不同的形式,其中一些接近于历史写作,有些是随笔式写作。其中还有些似乎很私人,几乎像回忆录。我们得出的结论是,这是目前小说创作方式中一个非常活跃和重要的方面,作家们确实在突破界限。"当然,这类写作打破了"虚构"与"非虚构"界限之后仍然是小说,但小说文体内部"跨文体"了,小说的"文学性"也出现了新的因素。

在文学文体中,一些文体被剔除出去,除了理论的裁定并且在观念上影响写作外,也与我们忽视这些文体本身的"跨文体"特征有关。以序跋为例,其实是介乎"文学文体"和"学术文体"之间的"跨文体",现代以来的导言也可以划入此类,但因为"学术性"被强化,通常被视为"学术文体"。不必说古代,现代文学史的那些著名的序跋,都是兼具"学术性"与"文学性"的。鲁迅先生的《呐喊》自序,我们再熟悉不过了。"我在年青时候也曾经做过许多梦,后来大半忘却了,但自己也并不以为可惜。所谓回忆者,虽说可以使人欢欣,有时也不免使人寂寞,使精神的丝缕还牵着已逝的寂寞的时光,又有什么意味呢,而我偏苦于不能全忘却,这不能全忘的一部分,到现在便成了《呐喊》的来由。"随后我们看见了在质铺和药店的鲁迅,从一倍高的质铺柜台外送上衣服或首饰去,在侮蔑里接了钱,再到一样高的药店柜台上给他久病的父亲去买药。我们不会怀疑这些文字是"散文",但鲁迅先生在"散文"中同样表达了他思想的觉醒,而这种并不是我们常见的论文方式。"有谁从小康人家而坠入困顿的么,我以为在这途路中,大概可以看见世人的真面目";"这一学年没有完毕,我已经到了东京了,因为从那一回以后,我便觉得医学并非一件紧要事,凡是愚弱的国民,即使体格如何健全,如何茁壮,也只能做毫无意义的示众的材料和看客,病死多少是不必以为不幸的。所以我们的第一要著,是在改变他们的精神,而善于改变精神的是,我那时以为当然要推文艺,于是想提倡文艺运动了。"这两段耳熟能详的文字,由于思想容量之大,成为解读鲁迅的关键材料,其"学术性"应该毋庸置疑。今天的作家也写序跋,但更流行的是类似于"创作谈"的文章,不乏才华与识见,但《呐喊》自序始终是耸立在作家面前的高峰。

这里派生出来的一个问题是，如果"学术"是研究"文学"的，"学术文体"是否可以有"文学性"？在中国的文章传统中，表达思想、价值、知识的文体其实是多样的，"诗话""词话""小说话"这类随笔体，基本介乎"学术"与"文学"之间，不妨说"文章"其实是一个"跨文体"概念。近期李泽厚先生的《美的历程》再次引发关注，这本书其实也介乎"学术"与"文学"之间。现代中国的学术论文和著作，深受西方学术建制的影响，即使我们强调中国的文章传统时，也要充分肯定和尊重这类已经成为主流的学术问题在中国现代学术建立和发展中的重要作用。我们当下的学术评价体系需要重建的思路中，应该包含"学术文体"的"多样性"这一认识，尤其是关于文学研究的学术文体更应是丰富的。学术文体的形式当然重要，但形式总是和内容联系在一起的，决定不同学术文体价值的是"学术含金量"。陈平原先生近作《现代中国述学文体》，便呈现了晚清以降现代中国述学文体的丰富多彩的景观。在知识生产中，越来越细的分工壁垒森严，篱笆林立；在这些学术区间内，研究者术业专攻后也失去了学术之间的关联性以及与思想文化的广泛联系（这里暂且不涉及专和博的关系）；体制化的学术训练，也让学者难以兼具知性与感性（这与个人的特质有关）。今天重读鲁迅先生那一代为中国新文学大系写的导言，再比照后来者的导言（不仅是文学大系的导言），我们就知道我们在哪些方面退化了。

我在谈文体问题时，把"学术性"和"文学性"纠缠在一起，是我认为这两者也在互动中循环，学术性和文学性常常会相互定义，并影响着文学文体的演变和文体内部各种因素的消长。在现象上，跨界既有作家在尝试不同文体的写作，比如小说家莫言这些年来对新诗、旧体诗话剧情有独钟，也在文学之外倾心书法艺术；又有作家在小说之外从事文学批评，如阎连科的《发现小说》和毕飞宇的《小说课》等，王蒙当年提出的作家学者化问题在今天已经成为一种现象；学者、批评家写小说，似乎也逐渐增多。在学界，所谓"跨界"，往往是学者将自己的研究延伸到本学科之外，比如，做古典文学的研究现代文学，或相反。但我现在更愿意在"跨学科"层面上理解"跨界"，即多个学科的融合研究，其中包括研究方法的跨学科使用，这将影响我们对"专业""学术性""文学性"的理解。世界变化了，人性变化了，技术变化了，我们认识世界的方式也在随之变化。文体是被定义的，被定义的文体在发展过程中不断突破定义，于是文体又被重新定义。重新定义不是取消边界，是形成新的边界，新的边界内有新的构成。重新理解抑或重新定义文体、重新解释文体构成，也是重建文学性，而重建文学性是更为本质的问题。

文学批评与"文学性"重建

我在这里讨论的主要是之于文本、文学事件的文学批评。回溯近四十年的文学创作与批评，可以发现关于文本的批评愈来愈多，而关于事件（现象和思潮）的批评则愈来愈少。前者的增加，并未有效累积文学批评的能量；后者的减少，反映了当下文学秩序的内部矛盾运动以及文学内外部的冲突碰撞在减缓，这种状况是常态还是非常态？就文学批评而言，如果说有所缺席或失声，则是对文学事件的洞察和分析能力明显弱化。因此，文学批评需要介入到文学发展进程之中，在更深刻的层次上思考文学的结构性问题，通过重建"文学性"激活文学批评的"学术性"。

文学批评以什么样的方式出席、在场和发声？在当代文学批评史上，有两个阶段值得我们思考。50、60年代文学批评曾经具有非同寻常的影响力，我们可以找到文学批评对创作产生积极和消极影响的不同例子。这个时期的文学批评，我称之为"作为制度的文学批评"，批评是文学制度的一部分，是指导、训诫、调节创作的手段，它并不缺乏"学术性"，但它首先在"思想性"层面做出判断，这里的"思想性"常常是对文艺方针政策的阐释。作为制度的文学批评，通常不是表达批评家个人的识见，而是传达"集体"的声音，周扬在新时期曾经反思过这类批评。50、60年代,茅盾、秦兆阳(何直)等人的一些文学批评,与文学制度有关,但更多个人的思考和判断。80年代的文学批评风生水起,堪称当代文学批评史的辉煌时期。当时的文学批评在历史转型的大结构中,既参与了历史的重建,又推动了文学回到自身的进程。这两段历史给我们的启示或许是:文学批评需要关切和回应时代的诸多诉求,但批评家需要通过学术的、个人的方式完成自己的判断。

我们现在经常用"百年未有之大变局"来描述世界秩序中的中国境遇,这境遇也是今天的文学批评需要从大处着眼观察和思考的。事实上,我们在阅读、写作和观察中,已经深刻感受到了这一变局在文学创作与批评中的激荡。这意味着,介于文本、文学事件和世界之间的文学批评无论是作为价值判断、审美反映还是知识生产,都需要洞察"变局"对文学的影响。如果从"五四"新文化运动算起,中国新文学已经遭遇到了两个"百年未有之大变局"。"五四"大变局之后,文学和文化形成了新传统。而相对于新传统的旧传统,则绵延了数千年。在"五四"新文化传统形成的过程中,关于社会主义文化的想象和实践开辟了"新中国文学"(当代文学),当下的文学创作和批评植根于新时代中国特色社会主义文化实践。旧传统、新传统、外来文化重叠于新时代,我们身处其中,如何整合,如何构建世界观和方法论,将在根本上影响我们的文学创作与文学批评。在连接文本、事件与世界时，文学批评首先需要认识和判断世界，洞察历史的异动及其对文学的影响。我这里说的自己的世界观和方法论，并不完全是自洽的，而是在与世界广泛联系中构建的。从旧传统到新传统再到新时代，又是中国与世界关系发生深刻变化的历程，我们在中国看世界，又在世界看中国。

文学创作与批评遭遇到的"变局"是多方面的。曾经熟练运用的一些概念、理论和方法也遭遇到了挑战，网络媒介在表面上迅速地"夷平"了我们曾经具有真切实感的种种"区隔"，比如代际区分，城乡差别，阶层/收入分野。均质单调的表达将所有细微的褶皱一笔勾销：我们用同样贫乏的语言讲述着共同的欲望——那些被网络媒介生产和激发出的"欲望"。本该作为感受"歧异性"的审美"飞地"的文学逐渐丧失了其潜能，贫瘠的文学语言在面对丰盈的现实时左支右绌，无能为力。如果说阿多诺能在一个句子的曲折结构中看出社会矛盾的诸多辩证关系，那么如今我们的文学却仅能提供一片毫无生机的语言的"荒原"。所有的匮乏都铺陈在表面而无须任何洞察力的深入。媒介的多样化同样也影响了我们的"批评语言"。依托网络媒介刊发的批评文字在言说方式和话语风格层面显然和面向学院、发表在学术期刊上的批评文字，以及出版者印在腰封或写在封底的宣传文字有所不同。其中，网络媒介在当下批评格局中的传播力度和范围显然是最大的，网络的批评语言在无意识中也不可避免地侵入到了学院批评的语汇之中。与此同时，网络批评某些固有的表达法（特别是博人眼球的"金句"）也不时闪现在学术性的批评文章中。网络媒介的阅读模式在一定程度上内在地规定了出现在其上的批评文字的特质：句式简洁，表达流畅通俗，主题直接鲜明，等等。这些要求往往限制了网络批评在意义层面的丰富性，也必然地规定了其与大众意识形态的距离。当网络批评话语被学院批评无意识征用而同时忽略其先在预设时，学院批评本身也就丧失了其本应具有的严肃性：审慎的判断力、细腻的感受性和丰富的意义层次。批评的维度被相应地缩减为"单向度"的"肯定"——无论是对粗糙的审美判断的屈从，还是对庸俗刻板印象的背书。

如果我们把"百年未有之变局"也视为一个文学事件，那么这个事件是促成文学创作变化的重要原因之一。文学批评需要深入观察"变局"对价值体系、思想方法、生存方式及文学生产带来的深刻变化，并引导文学创作应对变化中的中国与世界。文学作为一种特殊的意识形态，它有独特的追问历史把握现实的方式，但毫无疑问现实为文学创作提供了土壤和各种想象世界的可能。新文学作为现代民族国家叙事，其变化似乎都与历史的变革有密切关联。中国当代文学的制度性特征，也充分体现在当代文学发生、转型和发展过程中。这可能也是现实主义文学思潮始终迂流蔓衍的原因之一。文学批评需要充分肯定和鼓励现实主义创作，但如果只是在一般意义上召唤现实主义，未必能够真正加强文学与现实的关系并深刻传递出时代精神。因为何谓现实主义，也始终是一个问题。80年代以后，关于现实主义的这种论争正说明了这一点。对今天的多数作家而言，即便坚持现实主义，也不会屏蔽其他，这个变化了的世界、日常生活和人性，用单一的创作方法已经很难掌握；或者说，现实主义是好的但不再是唯一的创作方法。左翼理论家、批评家从30年代开始强调社会主义现实主义创作方法，50年代甚至将社会主义现实主义置于最高的地位，但到了50年代末关于社会主义现实主义的认识发生了变化，邵荃麟1959年在《文学十年历程》中便强调社会主义现实主义是最高的但不是唯一的创作方法。"文革"结束以后，对现实主义创作方法的反思和激活，一直贯穿到现在。某种意义上说，对现实主义认识的深化通常与当代文学的转折点有关。1985年前后，现代主义逐渐具备了合法性，这是"纯文学"思潮发生的原因之一。

当文学批评在阐释文本与世界的关系、分析文学事件时，一个核心问题是如何认识"文学性"。我们都熟悉雅各布森说过的那句话：文学科学的对象不是文学，而是文学性，也就是使一部作品成为文学作品的东西。定义"文学性"的思路有很大差异，十多年里对是用"本质主义"还是"相对主义"理解"文学性"存有分歧。文学批评家在研究文本、事件时无不认为自己是从"文学性"出发的。前几年筹备一个文学批评会,我拟了"文学批评的共识与分歧"这样的主题。我的感觉是,"共识"越来越少,"分歧"越来越多,当下文学批评最重要的一个特征就是"共识"的缺失。在丧失了对社会共识(集中体现为某种时代"思潮"的"共识")的直接征引之后,批评仿佛丧失了一个可资参照的稳固的话语框架,因此陷入了不可厘清的混乱的"相对主义"中去。当然,较之一个"毫无疑义"的统一声音,"相对主义"毕竟带来了生机。但是丧失规范和共识之后,一个不可避免的后果就是评价体系的失效。文化研究全面兴起之后,文学文本本身的经典"光环"也逐渐失落了。我们似乎无法提出一个合理的立论前提来论证究竟是要哈姆雷特还是哈利·波特。在一些批评家看来,审美评断本身只指向阅读者自己而不再涉及共有的"客观尺度"。

"总体性"的丧失也反映在文本分析中。当下批评的另一特点就在于对文本"局部"细节孜孜不倦,甚至不乏过度解读的"推敲"。在许多批评家看来,作家笔下的每一个细节描写都是经过仔细推敲,都必然是"饱含深意"的。因此很多时候我们的批评就像在玩一个大型的"猜谜"游戏,批评家做的许多工作都是在"解释"作家在文本中似乎苦心经营的"琐屑"细节。如何在批评文章中"概述"一部小说的情节,其实是至关重要的。我们当下的文学批评中充斥了太多"没有意味"的情节复述,这些毫无形式感的概述充其量也只是做到了"理顺"作家的思路。但是一个好的批评家在复述小说内容的同时,其实早已经将自己的洞识和审美判断熔铸到对情节的二次处理之中了。这也从一个侧面反映了我们今日批评的"总体性"的淡漠和批评家对话文本能力的减弱,我们似乎很难再去"整体"地把握一个作品的"建构技术"了。西方马克思主义批评家带给我们的最富教益的启发之一,就在于他们对文本结构的深剖和拆解。很多时候历史的无意识、我们"情感结构"的细微表露都复杂地蕴含在文本深层结构之中。只聚焦于细枝末节的象征索解、隐喻阐释往往会将我们对于文本的整体感知稀释,一个文本最具症结的地方将随之脱逸出我们的批评视野。

由此也可以理解当下的批评家特别倾向于以"地域"来给一个作家"定调"的原因了。剥离了共同的文学观和共享的社会思潮之后,我们能猎获的关于作家们的共性似乎也就只剩"地域"等为数不多的"概念"和"标签"了。但是我们可以毫无疑义地将东北部分作家作品中体现的某些共有的"面向"定性为"地域因素"吗?我们不也同样地在文学陕军、文学苏军等其他区域文学作品中寻找到了与东北作家作品相似的某些美学特质吗?信息化时代的"夷平"趋势使得我们好像早已经丧失了对于"地域"的领受能力,更遑论文学又能够在何种程度上经由"地域"的中介传达出复杂的审美体验了。简言之,"地域"因素是不是能够像"现代文学"和"十七年文学"那样激活我们的审美感受,确实是需要我们仔细分析的问题。或者说,我们能否通过强化"地域"的特点来强化全球化时代的文化认同?

当我们意识到当下作家结构作品能力普遍不足时,文学批评对作品或现象需要做肯定或否定的价值判断,但批评与创作的关系远不是这样简单的肯定或否定。创作中的问题是具体的,抽象的方法面对这些具体问题常常是无效的。在关注当下创作时,如果我们从问题出发,从已经出现的新的可能性出发,就会看到逐渐形成的变革力量。文学批评需要激活这种变革、创新的因素,因为我们面临的问题是今天的作家在表达思想和探索形式方面过于犹疑和谨慎了。在《新"小说革命"的必要与可能》中,我特别强调了世界观和方法论对作家和批评家的重要。这或许与我不满意作家和批评家的"思想状况"有关,也是检讨自己后得出的结论。如果没有世界观和方法论,小说不可能创造一个真正意义上的文学世界,小说叙述和结构能力的强弱亦与此有关。好像是福克纳说过,成为一个作家需要三个条件:经验、观察和想象。福克纳同时说,如果其中一个是强项,可弥补其他的不足。我们的强项是什么？如果思想贫弱，经验如何升华，观察如何透彻，想象又如何展开？何况在今天的秩序中，小说家的经验不是越来越丰富，相反可能是越来越薄弱和支离破碎。粗糙地说，作家的"思想状况"也是他的灵魂，它又在不同的层面上分解到各个人物和细节中。如果在长时间的写作中我们还不能成为一个独立的灵魂，那么文本中的一些零星亮点也会逐渐暗淡下去。众多小说中的人物都是和自己的命运搏斗的，小说家同样需要和自己的命运搏斗。不仅是小说，诗歌、散文，在写作的终点，作家与文本是融合在一起的，或者说杰出的作家总会消失在他的作品中。当这类作家死亡后，他们的作品还活着，他们也因作品而活着。我们读鲁迅，读托尔斯泰，读陀思妥耶夫斯基，都会有这样的感觉。

如果我们简单地用重建"学术性"来表达对文学批评的期待，那么"学术性"是和"文学性"重建相关联的。80年代的先锋文学不仅仅在文体的层面完成了自身，它也同时激发了一批充满全新的、鲜活的感知力的批评家。正是在这种互相激发的良性互动机制之下，创作和批评才各自繁茂；文学找到了自己的表达，批评也找到了自己的语言和着力点。我注意到从2020年9月持续到2021年的"小说革命"讨论，从2021年1月上海《收获》"无界对话：文学的辽阔天空"到7月《收获》与《小说评论》在西安主持的"'小说革命'与无界文学"讨论会，以及清华大学文学创作与研究中心举办的"小说的现状与未来"文学论坛等，都指向一个话题：我们今天如何重建文学性。尽管我们对文学性的理解、文学状况的判断存在差异，但显然都意识到了文学的困境与危机。这种困境与危机并不只是社会现实急剧变化所致，而是我们在面对这种变化时逐渐失去了从容应对的能力，这意味着我们熟悉的"文学性"也处于晃动之中。文学无法置身于变动不居的社会现实之外，"新文化运动"与"新文学"的互动，是文学"外部"与"内部"关系缠绕激荡的最成功的历史经验。不仅是"外部"的冲击，"内部"的矛盾运动也始终让"文学性"处于"恒定"与"嬗变"之间。文学批评应当毫不犹豫地参与这一重建过程。

辑 二

作为方法的中国当代文学史料研究

近几年，中国当代文学史料的整理与研究兴起，尤其是史料整理一时蔚然成风。少谈些主义，多研究些问题，固然是当前文学史料整理热潮产生的原因之一，更多的则与中国当代文学史学科意识的深化和学术研究的成熟有关，一些整理者和研究者个人的特质和学术兴趣也促进了史料整理与研究工作。但史料意识和学科意识的强化，并不等于当代文学史研究"学术"分量的增加，并不意味着当代文学史研究的"思想"淡化具有合理性，同样也不助长史料的整理远比当代文学史论述更有学术生命力这样的偏见。

其实，当代文学研究的史料意识萌生较早，由茅盾、周扬、巴金、陈荒煤、冯牧担任顾问，并由茅盾作序的"中国当代文学研究资料"丛书，1978年便开始筹划，中国社科院文学研究所、苏州大学、复旦大学等合作编纂，此后由多家出版社陆续出版。丛书大致分为作家研究专集（包括作家的生平和创作、评论文章选辑和评论文章目录索引、作家著译系年目录等）、按文体分类的综合研究资料、文艺运动和文艺论争研究资料、文学大事年表、文学期刊目录索引、当代作家作品总目索引和评论文章总目索引等。在某种程度上，这套丛书大致确定了很长一段时间当代文学研究资料的分类和编辑方式。参与筹划和编辑这套丛书的卜仲康教授，80年代中期和我谈到他最大苦恼是，这样的研究资料是否为学术成果在许多大学存在分歧。三十多年过去了，这样的分歧依然存在。

相对成熟的史料整理与汇编成果是江曾培主编的《中国新文学大系1949—1976》，1997年11月上海文艺出版社出版。该大系凡二十集，第十九集、二十集为丁景唐主编、徐缉熙副主编的《史料·索引卷一》《史料·索引卷二》。《史料·索引卷一》与其说是"索引"，毋宁说是常见的"文献选"。本卷分为"党和政府有关文艺问题的文献史料"、"中央报刊的有关社论和文艺界领导人的文章、讲话"、"文艺运动和文艺论争"、"社团史料"和"刊物史料"五个方面以及徐缉熙编"文学运动纪事"。——这一分类和所选文献内容也是通行的文学史料选的"惯例"。相比较而言，《史料·索引卷二》作为文献的价值更为重要，它分为"著作图书编目"和"期刊编目"。"著作图书编目"收录1949—1976年间出版的文艺理论、文学创作图书五千余种，按类别分为中国文学史、文学基本原理、文学研究、中长篇小说、短篇小说、散文、诗歌、戏剧、电影、儿童文学、民间文学和综合等十二个部分。这是一种相对完整的文学目录。

在谈到中国当代文学史料问题时，我个人的习惯表述是"整理"与"研究"。这基于我对当代文学史料研究状况的基本判断，也陈述了我对当代文学史料研究过程的一般认识。"整理"是"研究"的前提，如果整理不是堆砌和复制，那么整理无疑带有研究的性质。事实上，对史料的收集和整理，是一种学术行为。尽管文学史料学也可视为一门独立的学科，但我觉得史料学还是服务于文学史研究的，没有孤立的史料整理与研究，史料整理和研究是和文学史研究相关联的。在中国当代文学研究领域，史料整理与研究是文学史研究的一部分。换言之，我们存在如何整理文学史料的问题，但在整理之后如何研究，同样是一个需要讨论的重要学术问题。如果把史料的整理简化为文献的汇编或者以新的分类重编文献，而忽视对现有文献是否具有史料价值的判断，忽视对史料的再挖掘、拓展和考订，那么这样的史料整理可能会为一般的研究者提供查阅资料的便利，但就学术价值而言只是重复，通俗地说就是"炒冷饭"。如果基于这样的现状谈当代文学史料学显然是苍白的。在这个意义上，我们有必要提出作为"方法"的当代文学史料研究这一问题。

由于学科的特点，中国当代文学研究者通常没有受过严格的文献学、目录学等专业训练。在历史学、哲学史研究领域，关于史料学的一般理论和方法，中国学者有诸多成果，许多重量级学者都有特别精辟的论述。在中国古代文学研究领域有成熟的文献学，与之相关的版本学、校勘学和目录学也是治古典文学者必备的专业知识。如果我们接受文献学是版本学、校勘学和目录学三者的结合，就会意识到我们需要在知识、理论和方法上补课。在借鉴和传承古典文献学时，不能以为文献学只是要求研究者收集、考订、结集、编撰、注释和出版文献，而忽视文献的整理与研究除了"辨章学术"，还要"考镜源流"，即研究和揭示文献中的各种学术观点和思想的产生、演变和相互关系及其在文学史中的构成和价值。我个人以为，就现当代文学而言，这一点特别重要。——这就需要史料整理与研究者的学养和价值判断。

在先天不足的同时，我们又面临着现代以来文学生产方式的变化，特别是新媒体的迅猛发展对文学生产方式和研究方式的影响甚至是改变。古典文献学是以考证典籍源流为主要内容的学科，而当代文学文献的内容、形式（包括载体）都出现了大的变化，古典文献学已不足以应对之。我大学时的老师潘树广教授开设"文献检索"课程，涉及版本、校勘和目录学等诸多领域，我们也只是学到了简单的入门知识。潘教授后来主持编撰出版了《中国文学史料学》，潘教授辞世后，他的助手黄镇伟、涂小马教授修订《中国文学史料学》，融入新知。这是目前为止最为完备的贯通古今的中国文学史料学著作，它对新的史料形式（载体）也做了相当成熟的论述。史料分为文献（文字）与实物，顾颉刚先生在

《中国史学入门》中谈到史学研究从实物到文献的侧重。我们做当代文学史料的整理与研究，仍然以文献（文字史料）为主，但显然要兼顾到图像、影像、口述和网络文献等。当代文学生产方式的变化，无疑赋予了当代文学史料整理与研究的独特性，这是当下文学史料整理与研究的新内容。传统意义上对史料的理解，随着时代的变化而被突破和拓展。

"史源"的局限也是当代文学史料整理中的突出问题。陈垣先生当年在北平的一些大学开始"史源学研究"课程，专门讲述史料的来源问题。由于当代社会政治、经济、文化的变化，当代作家的生存方式、创作方式和古代作家甚至现代作家都有大的不同，一些文化样式已经消逝或者式微，当代文学史料的"史源"远远不及传统意义上的"史源"丰富复杂。按照"史源"的分类，文学总集、别集是最基本的史料，其次是文学活动的当事人或事件的目击者的著述，再次是文学批评和文学制度的史料。史料分布在各体史书、类书、方志、书目、家谱、年谱、档案和近现代报刊中。目前当代文学的史源主要是报纸杂志发表或正式出版的作家著述（包括文集、日记、书信、回忆录、自传、访谈、口述等），已经公开发表和出版的政治人物的讲话、党和政府文件、报刊社论，以及文学批评文章等。

显然，目前的当代文学史料整理大多是在做驾轻就熟的工作，其价值也当肯定。但更为重要的是在现有基础上挖掘"陌生"的文献，也就是说需要发现新的史料。由于政治文化的特点，许多档案尚未解密；一些史料则由于运动、管理或其他原因散佚、毁坏，这几年一些民间收藏者开始披露一些史料，有学者将这些史料称为"稀有史料"或"罕见史料"。版本问题也是近几年关注的一个话题，比如《青春之歌》《白鹿原》等作品的修改。在跨文化语境中，其他语种的译本现在看来也需要纳入到版本研究中，尽管难度比较大。多年前，关于"地下诗歌"的创作时间，曾经引起争论，核心问题是需要确证后来公开发表的、名为"地下诗歌"的作品写作时间是否在"文革"时期。这一工作未有进展。"手抄本"小说作为一种现象，当代文学史也有提及，但多数论述是基于"手抄本"修订而成的公开出版的文本。以《第二次握手》为例，我所见到的"手抄本"就有两种，这两种"手抄本"在传抄过程中也出现了很多差异。作者张扬后来创作的《第二次握手》已经不是"文革"时期"手抄本"的面貌。我在阅读手抄本《九级浪》时意识到，如果我们打破当代文学史只讨论公开出版物的藩篱，将《九级浪》纳入文学史考察对象，那么我们对90年代王朔现象和"顽主"形象就会重新评价。

如果编制当代文学作品"目录"，"手抄本"以及近几年有影响的"网络文学"不能付之阙如。传统目录学关于目录的编纂和利用的基本原理与方法对史料整理与研究仍然是有效的。和古典文学已有大量的"目录"（史志书目、诗人藏书目、国家书目、地方文献目录、个人著作目录、专科目录和丛书目录等）不同，当代文学尚未建立起完整的目录。通常情况下，史料的收集与整理需要借助目录，但目前并没有相对完整的当代文学目录（一些学者做了相对完备的阶段性文学目录或文体分类目录）。除了图书目录、报纸杂志目录外，"非书资料目录"也要合并到文学目录中。这里的"非书资料"（Non-book Materials），也就是现在通常所说的音像制品、电影、纪录片、网络文献等。目录的编撰需要细心考订和鉴别，以《史料·索引卷二》为例：文学史部分收麦啸霞著《广东戏剧史略》（广东省、广州市戏曲改革委员会重印），编目者未标明重印时间，根据笔者了解，广东省、广州市戏曲改革委员会于1955年以"内部资料，仅供参考"的名义重印了麦啸霞这部1940年撰写的著作。"文革"时期，广东省、广州市戏曲改革委员会当无法工作，《广东戏剧史略》在这个时期"重印"的可能性存疑。文学基本原理部分，编目近三十种，收录著作出版时间最早的是天津师范学院中文系编写、天津人民出版社1971年4月出版的《革命现代京剧常识》。这一部分的编目和文学研究部分在类型上有交叉，有些著作更适合编入文学研究的目录之中，如山西长治市图书馆、长治市文化馆编印的《文艺短评》，上海人民出版社编印的《文艺评论集》，上海师范大学中文系文艺评论组编写的《短篇小说创作谈》，复旦大学、上海师范大学中文系编的《鲁迅作品分析》等。

当代作家的年谱这几年陆续出版了多种，关于作家个人的创作、活动等比较翔实，但与现代作家的年谱相比，相关作家、文学思潮、文学事件的叙述显得单薄。这些年谱中，作家是鲜明的，但时代是薄弱的。史书、方志一直是古代文学的重要"史源"，在当代文学的重要性则小了许多。部分史书、方志涉及一些文学史料，比如《上海县志》便有《虹南作战史》的成书。政治人物的年谱或者回忆录中也有与文学相关的史料记载，比如《毛泽东年谱》等。我尚未见到当代作家家谱的出版物，在目前家谱尚不在当代文学的"史源"范围。有些作家的著述如日记、书信等尚未出版（或者没有日记，也很少有书信）。当代文学口述史料并不发达，一些学者开始重视文学口述史的工作，由声音转成文字的逐渐增多。如何将口述史料纳入到整理与研究中需要加强，而这一学术工作的前提是首先做出更多的口述，而后才能做成"口述史"。如前所述，当代文学由于其"当代"特点，史料在不断地累积中，也有一些特殊的形式或文体。比如说"编者按""卷首语""编后记""读者来信""检讨书""稿签""会议记录""稿费单"等，都是具有当代特点的史料，史料的整理目前尚未充分顾及这类文献的收集、辑录和汇编。

当我们在谈及史书、方志等"史源"时,实际上已经涉及另一个问题,即当代文学史料与其他非文学史料的"关联性"问题。如果说史书、方志等只是"史源",那么其他跨学科的史料则是理解文学史料的不可或缺的参照。任何一个时代的文学史研究大概都无法离开政治史、思想史、学术史、文化(文学)交流史以及生活史的考察,当代文学研究尤其如此,这是众所周知的常识。事实上,我们的文学史研究一直牵扯到这些学科,但我们的史料整理尚未充分涉及这些学科的史料,就文学制度、思潮现象、运动论争而言,单一的文学史料不足以解释文学史进程。以文学的"内部读物"为例,我们都知道当年这些"内部读物"曾经对作家的思想转型和创作产生了影响,但是如果我们不熟悉其他学科或领域的"内部读物",就不可能理解出版"内部读物"时的政治语境、文化生态以及当年的思想空间状况。因此,需要拓宽文学史料的"边界"。

发现、拓展史料的范围是需要花死功夫的。对现有文献不断重复的编选——即便是以新的方式编选——虽然确实为当代文学史料的整理做了有意义的工作,但只是"存量"的盘活,而不是"增量"的获得。史料整理包括收集、阅读、鉴别和研究,现在不仅需要拓展和深化史料收集的范围,而且需要鉴别和研究。即便是对现有文献的整理，也需要我们通常所说的"史识"，文献的编选同样反映了编选者的价值观。如果以为重视文学史料，是因为文学史料的整理与研究无需学术和思想，那是极大的误解。如果某位学者被称为"史料学家"，那么他一定是既肯花功夫又有见解的学者。做史料整理与研究同样需要学养、思想，不是研究者赋予史料以"思想"，而是因为研究者有"思想"才能发现史料的价值，才能持续"整理"之后的"研究"。至于史料的"发现"，可能有两种：发现无用的史料，发现有用的史料。有些史料本来是没有价值的，是无用的，是在学术的演变中被淘汰了，现在有些学者会以一些无用的史料做文章。所谓"有用"在我看来，是指这些史料能够为作家作品研究、文学制度研究和文学史论述提供补充或改写的文献。

当我们意识到无论是狭义的文学批评还是广义的当代文学史研究都需要史料的支撑时，我们面临着更为复杂的学术研究问题，即史料研究如何补充、拓展、修正、改写中国当代文学史论述（包括教科书式文学史的宏观和微观的叙述与观点）。如果我们按照史料的内容分类，当代文学史料大致可以分为文学制度史料、文学创作史料和文学批评史料，这三者当然是有交叉的。我曾经将当代文学史著作的构成简单描述为文学制度加文学创作的综合，这些年来关于文学制度的研究成果斐然，在很大程度上丰富和改写了我们熟悉的文学史内容，现在的问题是：其一，当我们研究新发现的文学制度史料或者重新解读旧的文学制度史料时，如何来调整、修订文学史的个别和整体论述，从而对文学史著作的内涵有所改变；其二，文学制度的研究仍然最终要与作家创作相关联，制度的规定性在多大程度上影响了作家的创作。我以为，后者的研究还比较薄弱。

对文学制度和作家作品的研究，又通常是通过不同时期的文学批评来完成的，因而我们需要重视作为史料的文学批评研究。这不只是文学批评史的问题，从文学史研究的角度来思考文学批评与文学史写作的关系是史料整理与研究中的又一个重要问题，即文学批评是如何影响了文学史写作的。韦勒克在《文学原理》中对理论、批评、文学史研究三者的关系有深刻的论述，在此不赘述。文学批评对作家作品做了最初的历史化的处理，这些构成了文学史写作的基础。也就是说，文学史的论述吸取了当时文学批评的成果。这种吸收是一种选择。陈国球教授在《结构中国文学传统》中用相当的篇幅讲"结构主义与文学史"，其中介绍了布拉格学派第二代代表性人物伏迪契卡的一些观点。在伏迪契卡看来，文学史家除了要了解文学结构的发展外，还要整理出文学基准的发展情况，他认为可以从三个途径获得重建基准所需的材料，其一是文学批评。伏迪契卡说："最丰富的数据在于批评文学的言论、评论所采的观点和方法,以及指向文学创作的种种要求。"在不同时代或阶段,文学批评经常讨论的作家作品,其实就是历史化、经典化的过程,而文学史著作对文学作品的阐释通常是建立在文学批评基础之上的,在这个意义上一部文学史又潜藏着一部文学批评史。在文学史的结构中,我们需要讨论文学制度的规范性或规定性以及理论和批评所强调的准则对文学作品生成的影响,对作品意义阐释和经典化的影响。——我们需要重新理解作为史料的文学制度和文学批评的意义。

作为文学史研究过程的"历史化"

我讨论的是中国当代文学研究的"历史化",不是当代文学的"历史化"。当代文学作为历史进程中的一部分,始终在历史化的过程中。探寻影响中国当代文学思想、创作、制度的历史因素是一个问题,讨论推进中国当代文学研究的"历史化"又是一个问题,这两者当然是相互联系的,但需要在不同层次上加以区分。许多年来,关于当代文学与历史化的话题一直含糊不清,这与没有区分出当代文学的"历史化"和当代文学研究的"历史化"有很大关系。中国当代文学研究的"历史化"本身不是一个伪问题,但如何来讨论和落实确实是个大问题。

就文学史研究而言,"历史化"不是一个终结性的概念,"历史化"是一个不断历史化的过程。且不说已经是遥远历史的中国古代文学,即便是中国现代文学研究也仍然处于"历史化"的过程中。这个过程有时是剧烈甚至是颠覆性的,有时是缓和的、渐变的。在历史化的过程中,形成了文学史某个方面的共识,但同时也不断产生分歧甚至会扩大分歧。历史化的过程,是文学研究者和更广泛意义上的文学接受者累积共识的过程。中国当代文学研究的历史化,是在史学的层面上对当代文学与历史、当代文学整体性、当代文学制度、当代文学思想思潮现象、当代文学经典作家作品等作出确定性的论述。

我注意到学界同人提出"历史化"问题与当代文学学科意识的增强有很大关系。许多年来,当代文学的研究者一直有一种被其他学科轻视的感觉。这样一种焦虑,使众多学者的"历史化"意识更为强烈。中国古代文学研究积累丰厚,而且经过了历史的沉淀,其研究对象、问题、理论和方法相对成熟。但古代文学作为学科,是在中国文化从传统向现代转换的过程中完成的,而在这个过程中,现代大学关于学问、学术、方法的新认识,也从根本上改变了中国古代文学研究。蔡元培先生对文科的改造,便是通过中国文学研究吸收西方的理论方法而实现的。一百年前东吴大学教习黄人的《中国文学史》(中国学者编撰的最早的"中国文学史"著作之一),也是在西式大学产生的,但它"保存"了"国粹"。黄人在《文学之目的》中直陈"国史"之狭隘:"盖我国国史,受四千年闭关锁港之见,每有己而无人;承二十四朝秦暮楚之风,多美此而拒彼,初无世界观念,大同之思想。历史如是,而文学之性质亦禀之,无足怪也。"[1]黄人提到了"世界观念""世界之文学"的提出以及"服从之文学"与"自由之文学"的划分,都受到西学的影响。

在这个意义上,古代文学学科也是现代的产物,古代是被现代激活的。尽管经由现代,当代文学和古代文学作为研究对象两者之间确实"断裂"了，但古代文学和古代文学研究始终是当代文学创作和研究的重要资源。这不仅是指需要在中国文学的整体脉络中认识当代文学，同时古代文学研究中融合了传统与现代的研究方法也是值得当代文学研究去借鉴的。另一方面，古代文学研究也需要具备"当代性"，与当代文学研究的"历史化"一同构成中国文学研究的学术共同体。由于研究对象、问题以及知识分子谱系的差异，就"学问"而言，似乎不能以"古代"定义"当代"，或者反过来以"当代"定义"古代"。当代文学研究的"历史化"并不自证当代文学研究作为"学问"的有无或深浅，但在"断裂"中讨论当代文学与古代文学的"联系"是当代文学研究"历史化"的基础工作之一。

按照学科的分类，在中国语言文学一级学科下，当代文学是和现代文学合并在一起、称为"现当代文学"的二级学科。现当代文学当然是个奇怪的名称，所以，有学者试图再次使用"新文学"的概念来统称现当代文学。在学科建制内，研究现当代文学的学者通常是或侧重现代文学或侧重当代文学，换言之，现代文学或当代文学研究事实上是两个有联系但区别更多的研究领域。究竟是现代文学研究哺育了当代文学研究，还是当代文学促进了现代文学研究，同样也是一个有点荒诞的问题。正如我前面讨论当代文学与古代文学关系时的思考一样，介于古代文学与当代文学之间的现代文学以及各自的研究都是在"断裂"中发生"联系",我们应当具备这样的大视野。在大的文化背景中,"新民主主义文化"和"社会主义文化"是决定现代文学和当代文学性质和发展秩序的"政治文化",这是当年不再以"新文学"涵盖"五四"以来的文学,而以当代文学区别于现代文学的主要原因。我们通常会说现代文学中的启蒙文学和革命文学是当代文学的源头,或者说解放区文学是当代文学最直接的背景。周扬在第一次文代会上讲话时便说,解放区文学方向便是新中国文学的方向。[2] 其实,就概念而言,现代文学和当代文学都是之于"旧文学"的"新文学";更加重要的是,现代文学的许多基本问题不时在当代文学中迂回呈现,而当代文学的许多基本问题又常常曲折呼应现代文学。这种问题的循环往复,是"新文学"的内在脉络。比如说,启蒙、人道主义、个人、社群体、革命、阶级、纯文学、雅俗、载道、言志等,在近百年文学中的沉浮循环、出场退场等便是例证。所以,当代文学研究的"历史化"和已经被"历史化"的现代文学之间存在着复杂的联系。换言之,我们是在新文学传统的笼罩下来进行当代文学研究的"历史化"工作的。

一个常识性的事实是,中国当代文学面对或承接了两个传统,"五四"之前的"旧传统"和之后的"新传统","新文学"重新阐释了"旧传统",当代文学则重新阐释了"旧传统"和"新文学"

视野中的"旧传统",另外还重新阐释了"五四""新传统"。因此,当代文学研究的"历史化"问题常常是叠加的,甚至是变异后叠加的。这个问题的复杂性还在于,我们把传统分为"新"和"旧",是现代性的一种划分方法,在讲"旧"和"新"、"传统"与"现代"时,"西方"是和这些相关联的另一个重要维度。在当代文学的发展历程中,"西方"因素是当代文学的"历史化"内容,俄苏文学、欧洲批判现实主义文学、弱小民族文学、日本文学、西方现代主义文学等都程度不等地影响了当代文学的观念、方法以及内容的选择和作家个人经验的表达。当代文学史研究确认这些影响的存在,但对影响的价值判断则与现实语境和研究者的个人经验直接相关。如果和20世纪30年代出版的《新文学大系》各集的导言简单对照就会发现,中国当代文学研究的理论越来越西化了。与其说这是一种问题,毋宁说是一种现象。我暂不将之视为问题的原因是,承认西方话语在中国现代文化和当代文学脉络中分析问题的部分有效性,不赞成简单拒绝的态度;但与此同时,我们确实需要意识到,当代文学研究能否形成自己的话语系统,将决定当代文学研究"历史化"的成熟度。在学科内部,"历史化"的路径和进展,也影响到学科方向的凝练、课程的设置、科研项目的立项、研究生培养、国际交流以及社会服务等诸多方面。

如果只是在各种关系中讨论当代文学研究的"历史化"问题，或许有相对主义的危险。在错综复杂的关系中，将当代文学史"特征化"同样是重要的学术工作。而现代性的提出呈现了一种观念的断裂，现时代的意义被确认。哈贝马斯在解释德语术语Geschichte（历史）时说："'Geschichte（历史）'这个新造词则适应了有关历史事件不断加速发展的新经验"，在本质上与一种同质化的历史叙事并不相同，后者的历史只是获得一种编年史般的计数，各个时间点堆积成为一个完整的历史图景，但在Geschichte的历史观中，"时代在推陈出新的每一个当下环节上都不断重新开始。由此可见，把'当代'从'现代'中独立出来，也属于一种现代的历史意识：在现代，现在（Gegenwart）作为时代史享有崇高的地位"。[3]我们无法完全按照这样的理解来解释当代文学的"崇高的地位"，如果从文化传统的重建层面来说，当代文学确实是推陈出新的开始，即社会主义文化的想象和实践的开始。

因此，当我们在提倡当代文学研究的"历史化"时，面临如何认识、理解和评价中国当代史的问题，中国当代文学是中国当代史中的文学。我们当然可以将当代中国的历史表述为中国特色社会主义建设的历史，这段历史包含了容量巨大而又复杂的政治、经济、社会内容。在这个过程中，也曾经出现挫折和探索。由于当代文学与体制的密切关系，当代中国的变化一直都影响着当代文学。这是文学研究界的共识，分歧是如何评价这种关系和影响。在当代文学研究中，我们常常要处理的是对"历史""现实""时代""时代精神"的理解。比如说，如果说某部作品再现了波澜壮阔的历史或者说它是史诗性的作品，这里就存在研究者对历史和史诗的认识与理解。历史是什么？现实是什么？时代精神是什么？这是需要认识和判断的。这些年关于柳青《创业史》的评价，能够说明这一问题。1979年以后，文学与政治的关系得以重新处理，但这并不能代替对具体文学事件、文学运动、文学论争的叙述和判断，也不能代替对这一关系在不同时期复杂性的论述。我个人认为，这是当代文学研究"历史化"必须要面对的重大问题，如果回避这些问题，"历史化"的当代文学就被"去历史化"，当代文学的"总体性"便无法落实。

在具体讨论研究的"历史化"问题时，涉及"历史化"的面向和路径。对这些问题的理解，又与我们如何认识历史学和作为历史研究的文学史研究有关。英国学者基思·詹金斯在介绍班奈特"历史书写学"时说，历史学只是一门（本身史实化的）学科，历史学家经过学科训练，在班奈特称之为公共历史领域（例如，高等教育领域中的受薪工作者）的层次上作研究，并为了介入这个领域（也即为了诠释它），而触及当前现有的记录或档案。因此，就这个观点来说，班奈特认为，"历史书写学"可视为论述体制:"受到特定程序规范的特殊论述体制,藉由这个体制,作为一组当下实存的过去,其维系/转型是受到有系统的管理。它构成某种产生'历史性过去'的学科训练方法,而'历史性过去'正是与'公共的过去'产生关联的调节机制。在这方面,历史书写学扮演着非常重要的角色。"[4]一般意义上的历史学的"论述体制"概念也适用于文学史研究,文学史研究已经成为一种知识生产的方式。如果我们借用"论述体制"这个概念,那么,在这个体制中,与意识形态相关的规则、场域,对历史学的一般理解(比如历史主义、历史真实性、后现代主义),关于学科的规范,研究者的历史哲学、个人经验、审美趣味、知识谱系等,都融合在一起而发生作用。

如果将中国当代文学研究分为文学史与文学批评两部分,那么我们讨论的重点是文学史研究,即时性的文学批评则是当代文学研究"历史化"的论述基础。如果再集中到文学史研究领域,我倾向于将文学史研究粗略地分为文学制度(包括政治文化、文学思想、思潮现象、组织、文学教育出版等)和作家作品研究——这是当代文学研究"历史化"的两条路径。在宏观上,当代文学制度是与当代中国政治、经济、社会、文化最直接关联的部分,对文学制度"历史化"处理的程度,将在关键意义上影响当代文学"总体性"的建构。我们说文学史是文学的历史,如果离开文学，文学史便不复存在。有学者担心文学研究的史学化，说到底是对现在一些研究无视作品的一种警惕。因此，作家作品特别是作品的经典化，是当代文学研究的另一个重要路径。这两条路径在文学史研究内部应该是交叉的，而不是分离的。现在的文学制度研究需要将文学制度与作家作品关联起来，即文学制度如何影响了作家创作，作家创作又如何选择和规避了文学制度。

讨论当代文学研究的"历史化"，在近几年的一个重要话题和研究热点是关于当代文学史料的整理与研究。确实，当代文学研究的"历史化"离不开史料的整理与研究，但这样的整理和研究是当代文学史研究的一个部分。以为史料的整理便是学问的理解是片面的，汇编、分类只是研究的基础工作，我在《作为方法的中国当代文学史料研究》中曾经表达过自己的初步认识。

我们需要进一步讨论的是，文学研究从史料当中可以获得和建构什么。在总结传统历史编纂学的信念时，詹金斯概述说：历史是由个人和集体的种种往事组合而成，而历史学家的首要任务是发现这些往事，以叙事的形式重新讲述它们，而叙事形式的精确度/正确性，端视所讲述之往事与所发生之事的符应程度。但是这种传统史学的信念在后现代主义史学那里受到质疑，怀特认为历史作品在内容上是杜撰/想象与发现到的参半。詹金斯如此解释怀特的观点:"为了使过去的时间或者几组事件变得合理,也为了使过去的'事实'变得有'意义',这类的事件/事实总是必须与某个脉络,某种'全体''整体性'或'背景'有关,或者甚至与'过去本身'概念有关。这类的问题是,历史学家当然能够在史实化的记录/档案中,'发现到'过去事件的总结,并(选择性地)以编年的形式确立关于它们的某些'事实',但是历史学家不会找寻使事实无法变成真正意义的脉络、整体性、背景或是'过去本身'的状态。"[5]我们未必在整体上认同怀特的史学观,但"意义"从何而来,"脉络"从何而来,"发现到"的和"不会找寻"的矛盾如何处理?这些是我们在研究文学史料和进入文学史研究时需要思考的问题。

当代文学史著作的撰写是当代文学研究"历史化"的成果之一,或者说当代文学史著作是文学研究"历史化"的重要标识之一。中国当代文学能不能写史的争论持续了很多年,近几年又不时提起,见仁见智。这其实是一个无须争论的话题。我个人倾向于当代文学研究可以进入文学史写作阶段,问题是写作者是否具备写作文学史的条件(这个条件现在过于宽松了)以及能够写出什么样的文学史著作(我想再次强调,文学史著作只是当代文学研究"历史化"的结果之一;以为主编了一本文学史著作就是文学史家的想法是荒唐的)。在我看来,我们讨论的问题不是当代文学能不能写史，而是我们如何研究作为文学史的当代文学以及如何叙述当代文学史。不必说什么是"历史"，什么阶段的文学才能进入"文学史"写作阶段等问题都存在争议，历史是否等于过去、在过去/历史之间能否划出一条清晰的分界线都存在很大的困难——这些问题在西方史学界那里迄今喋喋不休，这些争议并不影响历史研究，只是影响历史研究的面貌。由于中国学术传统和当下知识生产体制的影响，教科书式的文学史著作被置于重要位置，但教科书只是文学史著作之一种形式。如果以为教科书式文学史的写作等同于当代文学研究的"历史化"，那么对当代文学研究"历史化"的检讨得首先从检讨教科书式文学史著作开始。我们应当在广泛的视野中，将各种专题、个别的当代文学研究视为"历史化"的一部分，并且将"历史化"意识灌注到研究之中。

在持续的研究中被"历史化"的当代文学，同样存在着"去历史化"的问题。曾经历史化的事件、思潮、作家、作品，在时间之流的冲洗下，一方面因共识凝聚被固定化，一方面因分歧而松动。因此，当代文学研究的"历史化"又是一个"去历史化"和"再历史化"的过程。当共识大于分歧时，当代文学的历史化便越来越接近生成文学经典的目标——这是一个长久的历史累积的过程，我们今天的研究便身处其中。

注释：

[1] 黄人:《中国文学史》，杨旭辉点校，苏州大学出版社2015年版，第11页。

[2] 周扬曾说:"毛主席的《在延安文艺座谈会上的讲话》规定了新中国的文艺方向，解放区文艺工作者自觉地坚定地实践了这个方向，并以自己的全部经验证明了这个方向的完全正确，深信除此之外，没有第二个方向了。"参见周扬:《新的人民的文艺》，《文学运动史料选》第5册，上海教育出版社1979年版，第684页。

[3] 参见夏莹:《现代性的极限化演进及其拯救》，《社会科学战线》2019年第3期。

[4]、[5] [英]基思·詹金斯:《论"历史是什么"》，江政宽译，商务印书馆2007年版，第27、35页。

"强制阐释"与中国当代文学研究

反思和批判当代西方文论是重建中国文论和文学批评理论的基础之一。与此相关的，还涉及对中国古代文论、马克思主义文艺理论与批评以及苏联文艺理论的反思。"重建"，则要清理"重建"之前的文论和批评，这涉及学术史的诸多关键问题。如果不笼统地说"扬弃"，那么，我们实际上面临很多具体问题：去除什么，接受什么，改造或者转化什么，又能再造什么。一旦深入下去，就会发现这都是难题。这也是多年来，学界一直呼吁建立中国特色文艺理论和文艺批评话语体系，但又尚未建立起来的重要原因之一。无论是文化现实的诉求，还是当代文论和文学批评自身的发展，解决这些问题尤显迫切。

我们都意识到，与西方当代文论进行总体性的对话极其艰难。当代西方文论本身斑驳陆离，译成中文的应该只是其中一部分，而在翻译和接受中无疑有这样那样的"误读"。这意味着，我们在和当代西方文论对话时，也有文本选择的问题，是中文版的当代西方文论，还是外文版的西方文论？但这些困难并不妨碍我们在深入思考的前提下，选择具有代表性的当代西方文论论著，进行反思和批判，诊断出一些文论的局限和错误，这些局限和错误也许带有当代西方文论的总体性特征。正如张江先生所说，当代西方文论为当代文论的发展"注入了恒久的动力",但"一些基础性、本质性的问题,给当代文论的有效性带来了致命的伤害"。确实,这种致命性的伤害同样存在于中国学界,"特别是在最近三十多年的传播和学习过程中,一些后来的学者,因为理解上的偏差、机械呆板的套用,乃至以讹传讹的恶性循环,极度放大了西方文论的本体性缺陷。"因此,如何概括和提炼能够代表核心缺陷的逻辑支点,对中国学者而言,仍是应该深入研究和讨论的大问题。我们一直讲跨文化对话,在很长时期内,我们和当代西方文论并不构成实质性的对话关系,而是"说话"和"听话"的关系,我们处于"听话"的位置上。我也曾经消极地认为,如果要"对话",我们拿什么来对话?现在看来,在对当代西方文论已经有相当程度的接受和运用之后,提出一些质疑,应该是对话的开始。

在这个意义上,我对张江先生关于当代西方"强制阐释"的系列论述,给予积极的评价,并且认同张江先生的立场、方法和关于相关问题的重要阐释。这是当代中国学者对当代西方文论所存问题的一次颇具学术分量的揭示、命名和论述,是对西方文论进行反思和批判的有效开始,在相当程度上改变了中国学者与当代西方文论对话的疲弱状态,将对重建中国文论的路径和方法产生重要和持续的影响。尽管我们还没有足够的把握将"强制阐释"视为当代西方文论"核心缺陷的逻辑支点",但张江先生精辟地揭示了作为当代西方文论根本缺陷之一的"强制阐释"的基本特征，是重建中国文论这一过程的重要起点之一。从某种程度上来说，中国学界存在双重的"强制阐释"现象，一是对当代西方文论"强制阐释"的接受，二是用西方文论"强制阐释"中国文学。如果不局限于文论研究，而拓展到中国当代文学研究领域，可以认为对当代西方文论"强制阐释"的揭示和剖析具有方法论的意义。以张江先生的思路和方法，反思中国当代文学研究，我们同样能够发现研究中的"强制阐释"问题，而这一问题与当代西方文论的"强制阐释"相关。因此，在反思当代西方文论的"强制阐释"时，我觉得需要和反思中国文学研究（尤其是中国当代文学研究，包括理论、批评和文学史）相结合。

当代西方文论"强制阐释"的特征，深刻影响了中国学者接受和运用西方文论研究中国文学的思路、方法和具体成果。这一现象的产生，如果追溯历史，应该说与现代中国文论和现代中国文艺批评的建立有很大关系，或者说是现代中国文论史和现代文艺批评史的一个部分。在中国文学由古典向现代转型的过程中，现代中国文论和现代中国文艺批评基本上是受"西学"和苏联"文艺学"的影响，中国古代文论并没有成为现代中国文论或者文艺批评理论的知识体系，提出中国古代文论的创造性转换问题，则在"新时期"之后。也就是说，我们一直缺少自己的知识体系。西方"现代性"的深刻影响和中国学者的文化身份焦虑，是困扰现代以来中国学者的基本问题之一。对"西方"或者苏联文艺理论的接受，自然与中国现代文学受西方和苏俄的影响有关，"西方"或者苏联文论与已经在内容与形式上存在"西方"或苏联因素相切合。当"中国文学"已经和"世界文学"有着这样那样的联系时，西方文论对中国文论、文艺批评的建立和发展确实起到了积极的作用。这是我们今天讨论"强制阐释"问题时不能轻视的。但缺少自己的知识体系的学术史，无论如何是令人尴尬的。就文学创作而言，如果用母语写作，就不可能完全脱离自己的传统，脱离自己的生存方式，脱离自己的文化现实；如此，不仅从学术本身的创新而言，就理论、批评与创作实践的结合而言，当代西方文论和批评理论是不足以面对和解释中国当代文学的；同样，在新的语境中，中国古代文论也不足以解释中国现当代文学。

现代中国文论和文学批评的内在矛盾和冲突，制约了中国当代文学研究。中国当代文学这一学科，最初建立在左翼文艺理论家、批评家的思路和框架之上。其中现实主义理论，特别是社会主义现实主义理论，在很长时间内既用来解释30年代以来的左翼文艺，也用来阐释中国当代文学。这在倡导社会主义现实主义的文艺界领导周扬的文论中有鲜明的记录。冯雪峰在他的文论中，也曾经用社会主义现实主义阐释五四以来的文学和鲁迅的创作等。

茅盾用现实主义和反现实主义的斗争解释中国古典文学，也是我们熟悉的一段历史。这些理论家、批评家对中国现代文学、当代文学都有重要的贡献，而且在他们的文论中也强调反对教条主义的错误，但在运用一些理论和方法时，同样犯了教条主义的错误。"教条主义"在某种意义上说是最严重的"强制阐释"。这表明，"强制阐释"的问题，常常是不以人的意志为转移的。与之相应的是，在当代文论史、批评史上，对西方文论的解释，我们也多少进行了"强制阐释"，我曾经比较《辞海》在1979年之前的各种版本中对西方文论条目的修订，这些不同时期的条目修订有诸多强加的内容。"文革"结束以后的中国当代文学研究，可以说除去以前的教条主义，去除以前的"强制阐释"，对"现实主义"、"社会主义现实主义"和"革命现实主义"的重新理解，构成了重写文学史的一条线索；对"现代主义"合法性的确认，又构成了重写文学史的另一条线索。这两方面侧重不同，当代文学史著作的基本面貌也有大的差异，突出表现在对文艺思潮的重新阐释、对作家作品的再次历史化。在这个意义上，不妨说新时期以来的理论和批评，是用一种"强制阐释"代替另外一种"强制阐释"。

如果没有当代西方文论的激活，我们很难设想中国当代文学研究会处于什么样的状态。但是，即使这样看似繁荣的状态的背后，仍然是缺少自主的知识体系、话语体系的危机。这种危机并不否定接受和运用西方文论的合理性,但反映出西方文论阐释中国当代文学时的局限。以近三十年文学研究为例,这种局限是显而易见的。关于新时期以来的文学秩序,通常是以伤痕、反思、改革、寻根、先锋、写实为序的,这是典型的以时间为序的"现代性"建构方式。但事实上,就在"伤痕文学"阶段,已经有了《今天》;"寻根文学"通常认为发生在1985年前后,但汪曾祺等人的小说在"反思文学"阶段就已经出现。而"寻根文学"和"先锋文学"也不是以对立的、前后更替的方式出现的。类似的"强制阐释"还出现在具体的思潮、作家作品的研究中。用西方现代派理论,很容易解释"先锋小说",但用来解释"寻根小说"就不那么得心应手。在80年代逐渐形成了关于"纯文学"的观点,这样的观点在90年代以后受到挑战。我也是坚持"纯文学"观的学人,对大众化语境下的许多文学现象不以为然,但如果仅仅从"纯文学"的立场出发去批评、否定一些现象,似乎又不足以解决问题。如同我们曾经用现实主义理论去否定现代主义作品一样,用"纯文学"观去解释大众文化的有效性显然值得怀疑。

  重建中国文论和文学批评,无疑是一个艰巨的过程。在对当代西方文论的缺陷开始学理上的质疑之后,这一重建是值得期待和努力的。

当代文学综合研究中的分期问题

在我的理解中，讨论中国当代文学史的"下限"，并不是急于给当代文学史划一个句号。关于文学史研究的一种设想，在很大程度上是以一种方式激活文学史研究中的问题。和中国文学的其他历史时段不同，当代文学无法清晰地"断代"。我们通常所说的"现代文学史"的"下限"是因为"当代文学"试图在某一历史时刻终结"现代文学"，才确定为"1949年"。随着整体研究的展开，"20世纪中国文学"的命名和"中国现当代文学"的调和，又在新的框架中重新关联"现代"与"当代"。就此而言，"上限"与"下限"的问题，是研究者在特定历史语境中的一种价值建构。如果我们现在明确当代文学史的"下限"，我们需要回答在什么历史和逻辑的层面上做出了这样的划分。

讨论这个问题时，我们已经约定俗成地将中国当代文学研究区分为"文学史"和"文学批评"两个部分。与这一区分相关联，我们也习惯将治文学史者称为"学者"，将从事文学批评者称为"批评家"。研究领域的划分和身份的表述当然只是浅层次问题，与实际研究状况也无法完全对应。问题是，"当代文学史"研究的范围和"文学批评"涉及的对象，也非泾渭分明。且不说文学批评中的文学史视野会将作家作品论作"历史化"的处理，我们面临的实际情况是，随着时间的推移，曾经是"文学批评"的"八十年代文学"研究现在已经是"当代文学史"研究的一部分。这种由"在场"而"退场"、"当下"而"未来"的特点，恰恰说明了当代文学史和当代文学史研究的独特性。我们现在研究中的"下限"是模糊的，不同的研究者根据自己的理解有不同的"下限"。这表明当代文学研究的"历史化"仍然在进行之中。我想，这不是当代文学研究的自卑之处，而是当代文学的"当代性"决定的。当代文学中的历史、现实、世界和人性的复杂性几乎是前所未有的，即便怀疑当代文学抵达历史、现实、世界和人性的深度。

我们的困境在某种意义上说，是教科书式的文学史写作造成的。作为一种知识生产和传播方式的"中国当代文学史"教科书，其意义不言自明，我们现在使用的几种"中国当代文学史"教科书都在既有学术研究的基础上，创造性地表达了著者对中国当代文学史的理解。作为一种文学史著作，教科书自然而然需要习惯性地给文学史划分阶段。但我觉得在文学史的实际研究中，"上限"和"下限"的概念不是根深蒂固的。我个人觉得，突出"问题意识"的文学史专题研究，也许更重要。在教科书式的文学史已经相对稳定的这些年，学界新的研究成果并没有充分沉淀和反映在教科书式的文学史中。特别是近十年来，关于"十七年文学"、"文革文学"的分歧越来越大，甚至大于共识。中国当代文学研究正在发生一些根本性的变化，在80年代形成的基本趋于一致的价值判断出现"断裂"和"分裂"。因而，我们在什么样的历史和逻辑层面上讨论中国当代文学史，决定了我们讨论"下限"时的思考。我用了"思考"而不是"结论"这个措辞，是因为我觉得，在不能设定"下限"时，我们可以通过对"下限"问题的思考，来回溯中国当代文学研究中呈现的复杂问题，从而讨论在不同的路径中会有什么样的"当代文学史"。在这种情形下，"下限"的设定与当代文学史诸多关键问题的来龙去脉相关。或者说，设定什么样的"下限"将会影响我们对文学史问题的理解。

事实上，中国当代文学史"下限"有无可能设定又如何设定，实际上牵扯和隐含了诸多学术研究和文化现实的问题。这些年来，一些学者不时在"学科"层面上谈论"中国当代文学"的独立性问题，我自己也关注过作为"学科"的"中国当代文学"。这当中存在一个很大的误解，以为只有作为"学科"，当代文学研究才有足够的地位，或者说要通过研究使当代文学成为一门学科。其实，作为"学术建制"的"学科"是一个广泛的概念，包括科学研究、人才培养等多个方面。在目前的学术体制中，"中国现代文学"和"中国当代文学"合二为一，称为"中国现当代文学学科"。近年来，对交叉学科、跨学科和新文科的重视，意味着在学术体制内部，"中国现当代文学学科"一分为二几乎没有可能。学术研究当然需要打破"学术建制"的桎梏，与其在人为设置的"学科"中做无谓的挣扎，毋宁回到学术研究的问题本身。即便在"学科"内部，文学史写作只是科学研究成果的一种呈现，而教科书式的文学史著作也只是文学史写作的一种。所以，我个人认为，作为当代文学史教科书中的"下限"只是暂时性的划定，而非具有"断代"意义的"下限"，我们今天讨论"下限"需要从"学科"的重压和想象中摆脱出来。

最初的中国当代文学史研究和写作是没有"下限"的，历史叙述的"下限"通常是根据现实语境和文学史写作时间设定的。我们熟悉的《十年来的新中国文学》《新中国文学十年（1949—1959）》等著作论述的时间段是"1949"至"1959"。1962年出版的最早具备文学史著作体系的《中国当代文学史稿》（华中师范学院中国语言文学系编著），"前言"明确了这本著作论述的是"十一年来"中国文学的发展，将"当代文学史"的"下限"由"1959"延伸到"1960"。《史稿》第一编为"国民经济恢复时期的文学（一九四九——一九五二）"，第二编为"社会主义改造和社会主义建设初期的文学（一九五三——一九五六）"，第三编为"整风和大跃进以来的文学（一九五七年以来）"。和前述《十年来的新中国文学》《新中国文学十年（1949—1959）》等相比，《史稿》显然更具备了文学史研究和文学史写作的意识。《史稿》关于当代文学历史阶段的划分、表述对后来的文学史写作，特别是文学史教科书的写作产生了重要影响。在某种意义上说，当代文学史写作中的动态"下限"一直延续到现在。我们现在很少提及的林曼叔等编著的《中国当代文学史稿》（1978年4月巴黎大学东亚出版中心出版），完成于1977年11月。这本书"果断"地将中国当代文学史的"下限"设定为"文革"之前的"1965年"，这一"下限"虽然清晰，但著者没有处理"文革"时期的文学，在著作出版时"新时期文学"开始风生水起。林曼叔《中国当代文学史稿》没有完成的工作，在郭志刚、董健、陈美兰等编著的《中国当代文学史初稿》（上下册）（1980年）中出版，这是"文革"结束后教育部委托编写的中文系教材。《初稿》以"十七年"、"文革十年"和"新时期文学"三个时段建构了"中国当代文学史"的基本框架，因为"新时期文学"尚在发生中，《初稿》用一章的篇幅写了"新时期文学的开端"。

从中国当代文学史著作编写的学术史来看，以1949年7月北平中华全国文学艺术工作者代表大会为起点，追溯到1942年毛泽东《在延安文艺座谈会上的讲话》，是中国当代文学十年论述中几乎一致的共识并持续至今。如何解释这个"起点"和"背景",学术界在"文革"结束后逐渐产生分歧,但"1949"作为上限大致没有疑问。中国科学院文学研究所《十年来的新中国文学》编写组在第一章《绪言》中说:"叙述新中国文学的历史,应该从一九四九年七月中华全国文学艺术工作者代表大会开始。这时,中华人民共和国还没有正式宣告成立,但是中国人民的革命战争在全国已取得了基本胜利。""这次会议是战败蒋介石反动集团后全民文艺工作者的一次胜利的大会师。由于反动统治而被分离开来的解放区和国民党统治地区的两支革命的文艺队伍汇合在一起了,全国具有不同倾向的一切进步和爱国的文艺工作者在人民革命的胜利鼓舞下欢聚在一堂了。这是我国有史以来文艺工作者的一次空前的大团聚。这次大会的最根本精神和最重大的收获是:来自全国各地的文艺工作的代表们,一致通过,把毛泽东同志一九四二年在延安文艺座谈会上的讲话所确定的文艺方针,明确规定为全国今后文艺运动的总的方针。面向人民革命胜利的新的现实,大会提出,全国文艺工作者必须为建设新中国的人民文艺而奋斗。这是新中国文学的一个重要的和良好的开端。"[1]早前一年出版的《中国当代文学史稿》论述了"1942年"的重要性以及北平第一次文代会确认《讲话》作为全国革命文艺工作者奋斗的共同纲领的意义,但没有使用"开端"这样的概念。

相对的"下限"则是中国当代文学史研究和写作的另一个特点。由于"当代"的延续，20世纪80年代以后的中国当代文学史著作几乎都在不断"扩容"，现在通行的几种作为教科书的中国当代文学史著作基本将当代文学史论述的"下限"放到了90年代。这个"下限"其实也是暂时和模糊的，但显示了研究者试图按照当代文学史自身的逻辑建构文学史叙述的努力。其中，关于"一体化""人的文学""潜在写作"等核心概念，不仅重新作出了当代文学史阶段划分的表述，更重要的是在政治事件影响之外突出了文学的价值判断。问题也随之而来，在我们放弃以政治事件划分文学史阶段时，我们能不能在文学史内部找到具有标志性的事件和作家作品作为我们确定"下限"的依据？现在看来还是困难的。90年代以后，市场经济、大众文化、新媒介和网络文学等影响着当代文学的观念、内容、形式和传播方式，但这些"要素"如果和文学史研究关联起来，更多的是对我们研究视野、理论、方法的影响，并没有对当代文学产生具有"裂变"意义的事件和作家作品。

因此，我觉得清晰的"下限"也许还一时难以划定，但无碍我们在不同的"下限"中回到中国当代文学研究的一些基本问题上。如果我们以"1949年"为"上限"，"文革"结束、"1985年"、"新时期"、"1992年"等都可以作为"下限"加以讨论，由此回溯此前文学史的进程。开放的、民主的文学史研究和写作,在相当长的"历史化"过程后可能会趋向一个清晰的"下限"。

注释:

[1] 参见《十年来的新中国文学》,作家出版社1963年版,第3—4页。

历史与常识
——关于改革开放四十年文学的若干思考

一

将"改革开放四十年文学"作为一个时间段加以论述，其实并不是重新设置一个新的文学史论述框架，或者将1978年以来的"四十年"作为文学史的段落。我们都意识到改革开放对中国当代文学产生了重大的历史性影响，而当代文学在近四十年又以文学的方式参与了改革开放。当代文学史研究和当代文学批评一直在"改革开放"的语境中进行，深刻打上了"改革开放"的烙印。当我们在重新叙述和评价近四十年文学时，所有的叙述和评价不仅表达了研究者对"改革开放四十年文学"的理解，也同时显示了研究者对"改革开放四十年"的认识。在很大程度上，如何认识"改革开放"对文学基本问题的影响，成为我们论述近四十年文学的关键。

如果我们回溯以同样的方式讨论"当代文学六十年""改革开放三十年文学"时的研究，不难发现彼时的共识远远大于当下的分歧，这意味着无论是改革开放还是改革开放中的文学都仍然处于变动不居的状态。但在动态发展中也形成了相对稳定的历史阐释段落，比如关于"八十年代文学"已经初步完成了作家作品的历史化处理，与此相关的一些问题如观念、思潮、现象的阐释也逐渐呈现了共识之外的分歧。当下的分歧又在很大程度上改变了部分研究者的观点，他们对已经形成共识的历史（如"'文革'时期文学""八十年代文学"）做了不同于既往的论述，这样的现象在"十七年文学""文革文学"研究中尤为明显。不断重返"八十年代文学"，不断再阐释"十七年文学"，其实也是寻求关于当代文学的历史与逻辑的不同叙述框架。

我们现在遇到的难题是，关于近四十年文学和政治文化的共识与分歧重叠在一起，即便是"纯学术"问题，其背后"非学术"因素的影响始终存在着。文化现实也是历史与现实问题的叠加，当下讨论四十年文学所涉及的问题实际上已经超出了四十年文学本身，而如何认识四十年文学又不可避免地要借此询问文学未来的路向和可能。如此，讨论近四十年文学既要置于"改革开放"之中，又要超越"改革开放"，回到文学的基本问题。因此，如何讨论改革开放四十年文学，同样存在问题与方法的选择。

二

我一直主张当代文学的"关联性"研究，在讨论近四十年文学时，"关联性"研究尤为重要。只有将近四十年文学置于百年中国新文学的发展脉络中，我们才能知道这个时间段的文学否定了什么、确立了什么，改革了什么、开放了什么，困境是什么、可能是什么，才能把握近四十年文学的来龙去脉。

毫无疑问，近四十年文学的发生和发展是以否定"文革"为前提的。如果不否定"文革"，何以有"改革开放"，这是基本的常识。而否定"文革"和坚持"改革开放"，必然会发生思想解放运动。80年代的文学启蒙思潮虽然和思想解放运动有所差异，但80年代文学参与了思想解放运动，也是思想解放运动的产物。我们无法设想，如果没有思想解放，当代文学曾经的禁区如何被打破，盲区如何被洞察。如果回避否定"文革"是新时期文学发生的前提，就无法讨论"改革开放四十年文学"。这是我以为不能虚无的历史和需要重申的常识。

我们现在可以把那段风云激荡的历史做一简单的概括：重新处理文学与政治的关系，从"文艺为政治服务"的从属论、"文艺是阶级斗争的工具"的工具论中解放出来；中央提出了"文艺为人民服务，为社会主义服务"的"二为方向"，重申了"百花齐放、百家争鸣"的"双百方针"。——这是新时期文学发生的最关键条件，也是近四十年文学得以稳定发展的根本原因。如果我们把"改革开放四十年文学"作为一个整体加以研究，我以为这是"改革开放"对当代文学最重要的影响。由此文学的发展空间和文学自身才有了重大变化和不同于既往的气象。

我自然也不认为"改革开放"会让既往文学制度、文学观念和文学作品形成彻底的"断裂";相反,在否定"文革"的前提下,近四十年文学与此前历史仍然保持着这样那样的"联系"。这种"断裂"中的联系或"联系"中的断裂,我在拙作《论中国当代文学史的"过渡状态"》中曾经试图做出解释。这里需要提及与"改革开放"相关联的另一个概念是"拨乱反正",否定"文革"是"拨乱",那么"反正"的正在哪里?这就是"五四"新文学(启蒙文学)和50、60年代在"双百方针"指引下确立的文学制度中的合理因素和体现了社会主义文化想象的优秀作品。这是改革开放四十年文学在"断裂"中的"积极"联系;另一方面,既往的部分消极因素也或多或少地存在于近四十年文学中,80年代对一些论争的处理仍然存在着非文学、非学术的方式。这种消极的联系也是我们需要正视的问题,近四十年文学中的一些现象和困境与这些消极因素的重生有关。

无论如何,近四十年文学是新生的文学。文学的政治文化重建了,文学制度重建了,文学观念更新了,新的文学经验产生了,文学的文化身份逐渐明确了,中国文学与世界的对话之门打开了,等等。在这样的历史转折中,近四十年文学才能和改革开放联系在一起。政治文化空间的重构,给近四十年文学带来了一系列堪称"革命性"的变化。如果说这是近四十年文学的"总体性"也未尝不可。在这样的历史进程中,"八十年代文学"的重要意义也凸显出来。我和众多研究者一样,以为80年代是改革开放四十年文学最为关键的一个历史段落,如果没有80年代的历史性变化,便无从讨论改革开放四十年文学。但我也认为,80年代是"未完成"的年代,它没有形成思想再生长的机制,也没有形成新的新文化运动。文学进入90年代以后,许多问题便产生了。

三

我们可以看到,一些重要的关键词在近四十年此起彼伏:主体论、本体论、革命、启蒙、人性、人道主义、自由、个体、反思、先锋、寻根、形式、纯文学、现实主义、现代主义、后现代主义、现代性、后现代性、传统、西方、性别、市场、阶级、人民、大众、全球化和世界文学等。我提到的这些关键词,并不是一个严格的序列,有许多关键词彼此矛盾,甚至在一定程度上是对立的。而这样一个现象表明近四十年文学的内部其实充满了矛盾和张力。

其实,无论是"五四启蒙文学"还是"十七年文学"都充满了内在矛盾。一些西方学者看到了"八十年代文学"如何与

"五四"相统一的关键所在,在谈到李泽厚和刘再复的文学观念和批评主张时,有学者这样分析:"李和刘所设想的主体被理解和阐述为一种个体,因而在根本上与毛泽东的解放个体化的群众不相一致。李和刘都提出,美学经验可以将个体从政治异化中拯救出来。尽管"五四"时期启蒙和美学现代性相互抵触,但是这两种传统现在却在辨别共同的敌人,亦即在这一观念上统一起来:文学不过是对社会阶级间发生的诸种冲突的再现。"[1]我们暂不对这一说法中的偏颇之处加以分析,但此说理解问题的思路具有启发性。

90年代以后,文学的语境再次发生变化,市场经济和全球化的出现,扰乱了文学的方寸,"人文精神大讨论"的无果而终,表明了80年代关于文学作为主潮的叙述已经不能移植和扩展到90年代以后的文学。这不是80年代文学经验的失效,也不是80年代文学形成的常识已经失效,而是文学遭遇到了我们预期之外的问题。随着"纯文学"的反思,文学的本质主义受到质疑;而在新世纪之后,随着文化身份意识的增强,曾经在80年代、90年代对文学创作和研究产生重要影响的西方理论也开始在建立中国特色话语体系的呼声中被指摘,尽管西方理论的影响仍然持续。文学创作对本土叙事资源的重视,逐渐强化了形式的另一种意识形态性。而新的"革命叙事"则调和了曾经是对立的种种因素。显然,在"总体性"之外,其他问题纷至沓来。

"新左派"文化批评家的出现,是90年代末以来文学的又一重要现象。我无法对这一现象做出更准确和深入的分析,但我觉得这样的评述有助于我们观察和思考这一现象:"他们同继续固守支配着80年代的批评关切的问题——美学理想和启蒙价值观念——的'自由主义'批评家们相互抵触。在90年代崭露头角的新左派摒弃了对社会和文化议题的普世主义的、抽象的——或者说超历史的——研究的信奉,转而强调一种非本质主义的立场,认为应该聚焦于跨文化关系的权力网络。因而,它既与'自由主义'批评家们不同,也与毛泽东的批评理论有别。与其说这一新的批评思潮仅仅聚焦于中国社会之内的社会层级化,不如说它更多地关注全球化时代的跨国文化关系。不过,尽管它不无新意,但这一批评立场也仅仅是在整个20世纪支配中国文学理论和批评的那种文学的社会性和自治性之间对立的一种晚近表达罢了。"[2]

如此说来,改革开放四十年文学也在循环这百年来中国文学的基本问题。

四

我们通常注意到了80年代"朦胧诗""寻根文学""先锋文学"等对文学文体的影响,所谓文学形式的问题在这些文学思潮渐次展开后得以呈现。如果就此而言,这只是80年代的一部分,文学批评的文体也在"小说革命"前后发生转型。拓宽视域观察,从"80年代"到现在,文学批评以及与文学相关的报告、社论、领导人讲话等文体形式都发生了变化,这些变化还反映在那些并非及时性评论的文学史研究著作中。于是,我们需要关注的一个重要问题是:除了文学审美形式,文学研究的表达形式(文体)从80年代以降也发生了深刻的变化。80年代以来学术的文体形式是如何转型和重建的,应该是值得我们关注的问题。

几年前,我读到一本在思想史层面上讨论"文"与"道"关系的著作《汉语思想的文体形式》,这是一本被忽视的书。作者刘宁先生认为:"长期以来,思想史所关注的思想史料,都没有'文体个性',而文体学的讨论,又往往忽视说理议论的思想表达文体。中国思想史和文体传统的丰富内涵,也因此受到障蔽。"刘宁对中国古代表达思想的文体传统进行了梳理,在他看来,古人极为关注"文""道"关系,中国思想在"文"的丰富传统中展开,而"文"亦需结合思想的曲折才能深刻理解其内涵。他的基本判断是:"一个思想家,在不同的文体中所表达的思考,会有值得关注的差异;而同一个思想潮流中,不同的思想家往往有不同的文体偏好,由此折射出其思考路径的分殊。从大的范围来讲,各种文体在历史上的兴衰起落,也常常与思想潮流的演变相伴随。"[3]

如果在大的背景上看，近四十年的改革开放也解放了文学研究的文体。当思想表达的文体越来越具有"个人性"时（更多批评家的文体具有识别度），"大批判"文体衰落，偶有浮起也随即被学人唾弃，"社论"文体同样也在文学批评中式微。这当然也与学术体制重建、批评家知识结构调整有很紧密的关系，文学批评或文学研究的思想、学术资源越来越丰厚，个人表达的多种可能性也就随之增加。如果做一比较，80年代的文学批评更多的是文章式的，90年代以后则以学术论著为主。这正是当代学术制度重建后的结果，越来越多的文学研究者在学术体制训练后将文学批评作为一种知识生产的方式，由近代学术体制确立的以论文和著作为核心的学术文体形式在90年代以后得以恢复和巩固。如果做粗略的划分，近四十年的文学批评从文体形式上讲，大致可以分为西式论著和中式文章，部分文学批评介乎两者之间。——这同样是一个需要讨论的话题，如果我们把文学批评也视为近四十年文学的组成部分。

五

我们今天所讨论的改革开放四十年文学以两种方式存在着，一种是"原生态"的文学史，一种是以方法、规则和偏好等加以选择和叙述的文学史（文学史著作、理论和文学批评）。后者所呈现的文学史是被简化了的文学史，是以"确定性"的论述来叙述"非确定性"的历史状态。我们一方面承认文学史著作或者文学批评对作家作品的历史化（经典化）处理，另一方面不得不承认这种"历史化"只是初步的、阶段性的。文学史著作和文学批评是我们今天观察和思考近四十年文学的一个参照，而不是进入"原生态"文学史的通道。

我曾经将当代文学史著作的结构简化为"文学制度"与"作家作品"的相加，两者之间的关系是作品作为一个"事件"与其他事件的联系。如理查德·马克塞所言，"在当代实践中，这显然是最复杂、最容易产生分歧的问题之一"。我想不是"如果简单化"，而是事实上文学研究者关于历史说明的组织原则不外乎下列诸原则中的一种："（1）编年史的原则：对作品、作者或流派按照简单的年代顺序排列；（2）有机组合的原则：把每一个文本统一到某种支配性的价值观、标准、传统及单位观念。或者统一于通过历时性研究方法实现的类比中；（3）辩证的原则：引入另一个必要的层面，作品在这个层面上联系到某种或多种构成因果的因素，如具有决定作用的经济、社会、政治、语言或心理的结构；（4）叙事的原则：构建连贯一致的故事，（即 R. S. 克莱恩所说的，'任何个体或群体的人以因果方式所连接的一系列独特事件的连续性,在一段时间内正好与构成变化的连续统一体的成分相关');在作者与其素材、形式和目的之间不断变化的关系中,这种构建特别包含着'情节'和代理人的选择和发现。"[4]显然,我们目前的文学史是以前三条"组织原则"而对历史加以"说明"的,第四种也即叙事性的文学史尚未发育成熟。

当我对照这几条原则对文学史著作进行简单的归类时,不是讨论文学史写作问题,而是说在这些原则下,近四十年文学的复杂景观并没有完全进入文学史著作中,文学史写作的选择权力也在很大程度上因为删除或者忽视了诸多问题之后,让我们对近四十年文学的理解有了偏颇甚至盲视。更为重要的是,我引入这个话题想试图说明,作家与社会的关系,已经不只是与社会政治、经济的关系,也不只是与历史、现实、虚拟世界的关系,还与作为知识生产和话语权力的文学史写作与文学批评有着主动或被动的关系。

随着对80年代作家作品的历史化处理,尽管只是初步的,但它对作家的影响是不能忽视的。这不仅指文学史既是文学批评的参照,也是很多作家希望获得永恒价值的终结目标(入史的梦想或理想),而且作为知识生产的文学史写作和文学批评直接影响作家在当下的位置,这个位置事关他们作品的读者、发行数量、评奖、作品的意义阐释以及能否进入研究者的视野而被纳入知识生产之中。如果把这种学术体制内的知识生产置于大背景中，我们就会看到作家在社会结构中的关系在90年代以后远比80年代更为复杂。这是90年代以后，特别是在新媒体发达之后，作家与社会关系之间的一个重大变化。当文学越来越小众、越来越专业化后，作家与知识生产的关系更为密切。

我曾经在重读陆文夫写于1994年的《文学史也者》时谈到，陆文夫在90年代初期便意识到他的同行中有这样的"苗头"。陆文夫用嘲弄的口吻说："近闻吾辈之中，有人论及，他在未来的文学史上将如何如何。"他觉得文学史是管死人而不是管活人的，并调侃道："活着的人想在文学史里为自己修一座陵墓，就像那些怕火葬的老头老太，生前为自己准备了寿衣寿材，结果还是被子孙们送进火葬场去。""人们常说千秋功过要留于后世评说。这话听起来好像很谦虚，其实已经是气宇不凡了。后世之人居然还能抽出时间来评说你的功过，说明你的功与过都是十分伟大的了，要不然的话，谁还肯把那些就是金钱的时间花在你的身上呢？"这当然是调侃的话，但在调侃中显示了一个作家非功利的心态。

在这篇文章中，陆文夫有两段话值得我们思考："我不了解死后进了文学史是何种滋味，总觉得那文学史是个无情的东西，把你揉搓了一顿之后又把你无情地抛弃。一般地讲，文学史对去世不久的文学家都比较客气，说得好的地方也许比较多一点，这里面有许多政治的、现实的、感情的因素在里面。时间一长,许多非文学的因素消失了,那也就会说长道短,出言不逊了。时间再一长,连说长道短也慢慢地少了,这并不说明已经千秋论定,而是因为文学史太挤了,不得不请你让出一点地位。时间再长一些,你就没有了,需要进来的人多着呢!当然,有些人是永远挤不掉的,那也是寥寥无几。看起来,那些老是惦记着要进文学史的人,都不大可能属于那寥寥无几中的几位。""其实,文学史是一门学问,是文学史的派生,文学不是靠文学史而传播、而生存的。有些在文学史中占有很大篇幅的人,却只有学者知道,读者却不甚了了。有些在文学史中不甚了了的人,他的作品却在读者中十分流行,而且有很强的生命力。作家被人记住不是靠文学史,而是靠作品。"

坦率地说,在越来越多的作家为获奖写作、为文学史写作的时候,我想提出:在处理与政治的关系时,需要非功利的写作;在处理与市场的关系时,需要非功利写作;在处理与文学史或有或无的关系时,需要非功利的写作。文学研究者同样需要非功利的写作。

六

如果以80年代为参照,可以说我们现在的文学研究处于危机状态。这与无序的文化现实有密切的关系。作品认同的分歧只是表面现象，背后的差异是无法模糊的价值观、意识形态、文化关怀和始终存在的文学本体论问题。理查德·马克塞在《霍普金斯文学理论和批评指南》序言中使用了"持续危机"的概念，我以为当下的文学批评也处于"持续危机"之中。但正如理查德·马克塞所说，像以前的批评一样，现代批评似乎也是在持续危机（真正的或人为的）的范围中繁荣的。

当我们回溯改革开放四十年文学历程，或许有助于我们消除或缩小批评中的分歧。在这个意义上，如何论述改革开放四十年文学，又成为一个文化问题。我在这里所说的文化问题，重点不是指我们意识到的：批评的话语范围已经成为超出文学的交叉学科，以及批评的研究对象已经涉及所有形式的文化生产；而是重申这样一种观点：文化问题注意对争论的矫正，包括对排斥和包容的程度、统治和忍受的程度以及在社会领域里共谋和抵制的程度等进行矫正[5]。

事实上，我们现在的困境还处于只有分歧没有争论的状态，或者说是没有实质性争论的状态。"当代文学批评的共识与分歧"是2017年4月我为当年6月召开的一次会议拟订的一个主题。我和《南方文坛》张燕玲主编商量，可否就"共识与分歧"这一话题召开由两代批评家参与的会议，燕玲主编非常赞成，并很快得到中国作协理论批评委员会、《扬子江评论》杂志社的响应，6月在苏州大学召开了"当代文学批评的共识与分歧"研讨会。这一以青年批评家为主的会议，讨论热烈。不久前在南京的青年批评家论坛上，这一话题再次得到深入讨论，有青年批评家甚至提出了现在是一个共识破裂的文学时代。

2012年我写过一篇学术随笔《回到文学的常识》。在这篇文章中，我提到：从80年代到现在，我们在"拨乱反正"和"与时俱进"中形成了许多新的认识和经验，因此也产生了许多新的常识。比如说，文学与政治的关系，文学与人民的关系，文学与现实的关系，文学与传统的关系，文学与西方的关系，等等，都形成了近四十年文学研究的基本理论。我认为，这些常识还是要坚持的。当然不够，所以还要发现和定义新的常识。这么多年来，我们所做的文学研究工作，其实只是在坚守常识。这不是贬低我们所做的批评或研究工作的崇高性、创造性和意义。上一代学者在打破禁区中回到文学的常识；在这个基础上，我们这一代是坚守常识，也去发现和定义新的常识。年轻一代也许不能完全体会到回到常识和坚守常识的艰难与意义，但我相信青年批评家比我们更有锐气去发现新的常识，而不是去遮蔽已经呈现的常识。常识不是训诫，80年代以后恢复的常识、产生的常识是打破训诫之后形成的。

我还是想起理查德·马克塞说的那句话：简单说来，尽管文学批评具有内在的争论特征，但在互相冲突的理论家中间，其分歧并不像看上去那么严重，他们都面临着元批评的任务。他所说的"元批评任务"是：从纷乱争论中凸显的主要批评问题的区分；主要研究的问题（不管它是"作品"、文本还是语境，也不论它是创作的前提还是后来构成的后果）的境遇；耐心辨别引发了什么样的批评语言或专门词汇[6]。

现在看来，我们走过了四十年，但还没有完成"元批评"的"任务"。

注释：

[1] [美] 迈克尔·格洛登等主编《霍普金斯文学理论和批评指南》（第2版），王逢振译，外语教学与研究出版社，2011年版，第319页。

[2] [美] 迈克尔·格洛登等主编《霍普金斯文学理论和批评指南》（第2版），第320—321页。

[3] 刘宁：《汉语思想的文体形式》，华东师范大学出版社2012年版，第1—2页。

[4] [美] 迈克尔·格洛登等主编《霍普金斯文学理论和批评指南》（第2版），第8页。

[5] [美] 迈克尔·格洛登等主编《霍普金斯文学理论和批评指南》（第2版），第8页。

[6] [美] 迈克尔·格洛登等主编《霍普金斯文学理论和批评指南》（第2版），第6页。

辑三

历史经验、文化现实与文学写作

丁帆教授《青年作家的未来在哪里》一文有感于青年批评家何同彬的文学批评，直截了当说了一些"积郁"多年的想法。丁帆教授的文章击中问题的要害，行文敏锐直率，这样的文章在批评界并不多见。熟悉丁帆教授学术研究的朋友知道，《青年作家的未来在哪里》的主要观点在丁帆教授的学术和思想脉络中并不突兀。近几年来，丁帆教授在他的文章和演讲中，始终如一地坚持他的独立的价值判断，从不含糊其辞。他直面文化现实中的诸多问题，以马克思主义的批判精神加以分析，表达自己的见解。多年前，在我进行博士学位论文答辩时，丁帆教授对我的"文革文学"研究提出了很多重要的意见，坚持正确的价值判断是其中之一。他对"文革"时期文学与思想文化的批判立场和对启蒙主义的坚守，让我获益良多。

《青年作家的未来在哪里》触及了当下文学创作的一些关键问题："既有体制的召唤，也有商业的诱惑，青年作家面临的被规训、被同质化、被秩序化的问题应该是一个大问题，而这个大问题却是评论的盲区，如果我们看不到这一点，仅仅将它作为一个受着商品化制约的代沟问题来看，而看不到青年作家将失去的是文学的独立性和创造性，那么，我们在扫描一切青年作家作品时就少了一层深刻的批判性。"这个问题简而言之即"青年作家"在权力与资本构成的文学秩序中如何生存和发展。我们当然不会在完全对立的意义上看待文学与"体制"和"商业"的关系,但如何处理这种关系并在这种关系中保持文学的独立性和创造性,则始终是个问题。我想,并不只是"青年作家"遭遇此问题,当下的许多问题与代际无关,在相当程度上,作家、批判家和人文知识分子几乎都面临着这样的考验。

如何处理文学与体制和商业的关系,我们有历史的经验和教训。"文革"后文学制度的调整和重建,作家主体性的确立和文学本体的回归,是80年代以来文学发展的基本脉络。中央重申"双百方针",确立"二为"方向,为作家、批评家与体制的关系确定了基本原则。这是近四十年文学不时有重要收获的原因之一。这也说明,在文化现实中,正确处理了文学与政治的关系后,"体制"对文学的影响是正面的。从另一个角度看,文学发展中的挫折、困境也与这一关系未能适当处理有关。我们重返80年代,不仅是"历史化"80年代文学,而且也是再清理当代文学进程中一些循环往复的问题。我们应当在80年代文学形成的共识基础上往前走,而不是往后退。

在若干年前的一次演讲中,我曾经提出要警惕当代文学研究"向后转"的问题,即我们要防止在基本的价值判断上往回退,甚而回到已经被历史证明了是错误的价值观上。我并不认为80年代文学的经验足以应对当下更为复杂的问题，80年代也是一个"未完成"的年代。但80年代重新处理了文学与政治的关系，放弃了"工具论"和"从属论"，这是今天仍然需要珍惜和坚守的思想资源。我不知道在文学研究中有什么理由要放弃这些思想资源。如果在这一点上不能形成共识，价值判断上的纷乱和分歧不可避免。现在偶尔还会出现一些姚文元式的文章，虽然只是杂音，但不可轻视。在我看来，一个作家、批评家或人文知识分子应当记取历史教训，多一点自律意识。

90年代以后，我们通常认为作家面临的问题是如何处理文学与消费主义意识形态的关系，从而保持文学的独立性。当年"人文精神大讨论"虽然重要但不了了之，说明了文学与消费主义意识形态的关系同样异常复杂。以前我们担忧的问题是消费主义意识形态对文学审美属性的侵蚀，担忧文学迎合市场和庸俗趣味。文学当然无法拒绝市场，不仅无法拒绝，还要借助市场以扩大影响。90年代以来，即使是我们肯定的那些重要的"纯文学"作家，也逐渐学会了利用市场以扩大影响和获取合法的利益。这是当下文学生产的一个重要特征。

市场对文学的影响同样也反映在文学批评方面。作家获得某种文学奖，无疑是在一种参照系中获得某种肯定。尽管文学史的写作并不以一个作家是否获奖为标准，但获奖作家确实相对容易引起批评界的关注，容易进入读者视野，也容易进入市场，甚至也容易优先进入文学史著作中。获奖作家和获奖作品最终能否成为经典当然需要经过历史的选择。这个问题的另一面是，在当下中国，获奖作家也因获奖而获得更多的利益，这对作家来说无疑也是诱惑。在承认这种利益的正当性时，我和丁帆教授一样担心的是，作家是否会为某种评奖标准和市场利益而写作？事实上，不少作家写作某部作品之前和某部作品出版之后，都直言不讳要争取获得什么什么奖。这种为获奖而写作和运作的现象不是个别的。而用经费资助的形式鼓励作家为获奖而写作，在很多作协组织的工作安排中是重要事项。这里的核心问题仍然是写作的独立性会不会受到其他因素的影响，以及市场的反应是否会影响到我们对文学价值的判断。

近十年来新媒体的迅速发展，改变了我们此前对权力和资本的一些认识，文学在文化现实中的关系更为错综复杂。如果我们放弃本应珍惜和坚守的思想资源，那么许多问题便叠加起来，呈现出更为复杂的状态。我觉得我们现在便处于问题叠加的现实之中。在这样的文化现实中，作家、批评家或人文知识分子的个人选择便显得十分重要。几十年来，我们习惯于把文学的兴衰、作家的得失与历史和现实加以关联。确实，历史和现实的力量是强大的,但即使在"文革"时期,仍然有疏离主流意识形态的写作。超越历史和现实的限制,恰恰是文学的功能之一。这不仅是指文学想象和建构文学世界的独特方式,而且也包含文学世界对意义的独立建构。在这一点上,优秀作家之所以优秀,就在于他有自己的世界观和方法论。如果把所有问题的症结归咎于体制的限制和时代的复杂,就可能会为个人放弃在文化现实中的坚守寻找安慰的理由。

当年王彬彬教授曾经批评中国作家"过于聪明",现在在"过于聪明"之外,或许可以再加上"过于世故"这样的特点。中国作家、批评家当下善于生存的能力和智慧可能远远大于对生存困境的把握和揭示。作家、批评家结合了诸多矛盾的方面,包括崇高和卑微,出世与入世,清高与世俗,诚实与虚伪,勇敢与胆怯,等等。我们无法消除这一系列矛盾而变成一个纯粹的人,但要在这种矛盾冲突中提升自己,而不是伪装自己。文学界有着太多的"伪装者"。我近日读到阎连科尚未刊发的长篇小说《速求共眠》,这篇小说在叙事、结构方面的创造性需要另文讨论。阎连科在小说的开篇这样写道:"一面说着淡泊名利,一面渴求某一天名利双收——我在这高尚和虚伪的夹道上,有时健步如飞,有时跌跌撞撞,头破血流,犹如一条土狗,想要混进贵妇人的怀抱,努力与侥幸成为我向前的双翼。所不同的是,当土狗在遭到贵妇人的一脚猛踹时，会知趣地哀叫着回身走开，躲至空寂无人的路边，惘然地望着天空，思索着它应有的命运，而最终夹着尾巴孤独地走向荒哀流浪的田野。而我，会在思索之后，舔好自己的伤口，重新收拾起侥幸的行囊，再一次踏上奋不顾身的名利之途，等待着从来没有断念的闪念与想愿。"小说中的小说家的自我嘲讽，在很大程度上呈现了作家的一种精神状态。阎连科同时又写道："要知道，一个时代有一个时代的故事和文学。文学只能在时代的预热中率先点燃才能名著而经典。所以，好的作家都是时代未来的巫师或者算命师。"

就作家与历史的关系而言，中老年作家尤其是老年作家曾经沧桑，他们是80年代文学制度重建的主体，因而对历史、对80年代以来的文化现实有着特别的经验和认识，观察生活的敏感点和创作的着力点都带有鲜明的历史痕迹。在这个意义上，中老年作家是青年作家的历史背景。亲历历史和想象历史对文学创作的影响应该有很大差异。在面对一样的社会现实时，中老年作家或许更多地感受到历史在当下的延续，而青年作家或许更多地感受到了当下对历史的断裂。当80年代也迅速被处理为历史时，处于历史和未来之间的现实在不同代际的作家那里有着不同的认知（我不完全赞成以代际区分作家的差异，但代际的差异又确实影响着创作）。卸去历史包袱的青年作家，并不能够割断现实与历史的关联，能否在精神层面和写作过程中建立与历史的关联性，影响着青年作家写作的境界、品位和深度。我注意到，越来越多的青年作家试图在建立这样的关联性。这样的变化，有助于青年作家在现实中确立自己，并且把握和反映现实，从而赢得文学的未来。

重建文学与精神生活的联系

文学与精神生活的关系，并非一个新的话题，甚至是老生常谈。但现在我们往往会疏忽一些常识性的问题，于是，真问题的阐释中断，而伪问题的困扰不止。在把近三十年文学作为一个整体并且置于"改革开放"的时空中加以清理时，再次提出重建文学与精神生活的联系，也许能够对文学在当下的真实处境和新可能获得别一种理解。

卡尔维诺《为什么读经典》这本书中的观点早已为我们所熟知。他给经典所下的定义之三说："经典作品是一些产生某种特殊影响的书，它们要么本身以难忘的方式给我们的想象力打下印记，要么乔装成个人或集体的无意识隐藏在深层记忆中。"在给出这个定义之前，他说"这种作品有一种特殊效力，就是它本身可能会被忘记，却把种子留在我们身上"，和这个定义可以联系在一起的说法是"'你的'经典作品是这样一本书，它使你不能对它保持不闻不问，它帮助你在与它的关系中甚至在反对它的过程中确立你自己"。他认为第七个定义同时适用于古代和现代经典："经典作品是这样一些书，它们带着先前解释的气息走向我们，背后拖着它们经过文化或多种文化（或只是多种语言和风俗）时留下的足迹。"卡尔维诺终于说到了经典作品和"现在"的关系："它把现在的噪音调成一种背景轻音，而这种背景轻音对经典作品的存在是不可或缺的。""哪怕与它格格不入的现在占统治地位，它也坚持至少成为一种背景噪音。"文学经典其实不只是文学史的论述内容，它从来都与人的精神生活相关。

精神生活的问题与时代的变化密切相关。当我们认为这个时代处于文化转型时，实际上也表达了对文学与时代关系变化的认知。在观察文学语境的社会文化空间时，我们并不否认这个时代的进步；但在这个进步的时代，"文学性"危机曾在摆脱政治意识形态的操控后有过缓解，但消费主义意识形态又让"文学性"危机呈现更加复杂的特点。90年代以来，随着社会转型的深入，文化的复杂性更为突出，置身其中的文学虽然并未完全受制于文化转型，但受其影响之深刻则毋庸置疑。和今天对80年代文学的论述不同，对90年代以来的文学我们已经失去了用一种路径的演变来加以概括的可能。从90年代的"人文精神"讨论，到新世纪的"纯文学"反思，偏颇地说大致上都是在关注文学的精神生态，关注文学介入业已变化了的公共空间的方式和可能。文学是精神生活的镜像，这是一个没有分歧的"共识"。但文学与精神生活的关系逐渐演变为一种失败的关系。我们今天的不安和焦虑，很大程度上来自文学从精神生活的退出，或者是对精神生活的影响越来越减弱。当文学，无论是创作还是评论，对这个时代的精神生活无足轻重时，文学才真正地边缘化了。现在，我们已经有了这种边缘化的危险。我们一直认为文学的位置边缘化了，文学的价值没有边缘化，但是如果文学失去对精神生活的重要影响，其价值又如何不会边缘化？

文学与精神生活的脱节，或许是现代生活独有的问题。在社会转型的大背景下，我们的文化、文学、作者与读者都处于一个在"正常"与"非常"之间的状态，关于文学状况的认识和判断也充满了矛盾之处。柯林伍德曾经把"一方面是生产过剩"，"另一方面是需求没有得到满足"这两种现象的并存看作"现代生活独有的问题"。在他看来，"一方面，大众对艺术、宗教和哲学的需求得不到满足；另一方面，一大群艺术家、哲学家和牧师无法为自己的商品找到市场。"而90年代以来，这一"现代生活独有的问题"表现出更为复杂的"中国特色"。究竟是什么样的文学生产过剩？又是怎样的大众？大众没有得到满足的是什么？大众如果没有接受我们所认可的文学的影响，那么他们接受了什么又为何接受？我们从来没有认为"纯文学"的生产已经过剩，被认为过剩的是那些被当作消费的"媚俗艺术"或者大众读物。"大众"对"艺术""宗教""哲学"的兴趣转移了，有些甚至不再，而一大群"艺术家""哲学家""牧师"的产品是否具有价值又受到怀疑。即使是那些有价值的文本与大众之间的联系也存在鸿沟。

如果我们也把文学秩序的变化视为一种文学的扩张和另一种文学的压缩，那么"纯文学"的空间显然被压缩了。很长一段时间以来，在我们专业范围内论述的"文学"已经越来越从社会的公共空间中退出，并越来越难以影响人们的精神生活。我们可以在文学史论述和文学评论中列举无数的我们认为可能成为"经典"的文本或者重要文本，同时我们也诟病那些被消费的读物，而被论述和评论的这些作家作品事实上更多地局限在专业人士和少数文学爱好者那里，对被我们诟病的那些读物的认识似乎又和消费这些读物的"大众"的看法大相径庭。在此，我们暂且搁下"文学性"的差异性和精神生活的差异性，因为这样的差异，并不妨碍在一般意义上要求文学与精神生活之间的密切联系。如果我们认为90年代以来我们并不缺少文学，但同时我们又认为消费主义意识形态促成了"媚俗艺术"，而且"媚俗艺术"受欢迎的程度远远超过"纯文学"，那我们就应当承认，文学的危机至少表现为它未能有效地抵抗媚俗艺术，未能与读者的精神生活建立有效的联系。这就意味着"纯文学"的被压缩，不能完全归于"他者"的原因，也与自身的状况相关。但现在我们往往习惯于指责"他者"。

"精神生活并不像一台机器那样按照固定模式进行周期性的运转，而是像一股流经山涧的溪流奔涌不息。"显然，文学在应对精神生活的变化时有些自以为是，也可能是手足无措。近三十年的文学，其实曾经有过广泛而深入地影响精神生活的历史，80年代文学便是一个例证。无论今天如何评价80年代文学，我们都不能不承认80年代文学与人们精神生活的广泛联系，正是这样一种广泛的联系，它既创造了文学的历史，也参与改变了当代中国的精神面貌。80年代文学与思想解放运动新启蒙运动的关联，并未影响"纯文学"思潮的产生，并未影响"文学回到自身"的过程。但是面对已经变化了的精神生活以及精神生活的需求时，文学的力量萎缩了。我们如果把这种萎缩归咎于市场的变化，归咎于读者的堕落，那么，我们在什么之中讨论文学，又从何处寻找我们需要的读者？公共空间变了，精神生活的单一性消失了，文学因应的方式不可能不发生变化。

在谈到文学与公共空间关系时，人们常常设定一个前提，是用"文学的方式"而非其他方式。这样的设定包含了一种担心，即文学如果介入不当有可能重蹈覆辙。其实这样的担心是多余的。近三十年来文学"回到自身"的历史，已经昭示了文学应当以什么样的方式维护"自身"，如果我们缺少这点自信，那只能表明我们曾经的历史是虚弱的。其实，我们不必把"文学的方式"窄化。窄化的一种结果是，我们只注意了"语言"的意义，而忽略了"历史"的意义，当初从"历史"转向"语言"不可避免，今天即使不再由"语言"转向"历史",我们也无疑兼顾了"语言"与"历史"的不同意义。作家当然主要是以作品发言,但作家在文本之外的方式,同样十分重要,而且这一点也使作家之于历史的价值大不相同。现代文学在今天已经成为历史,我们自然说鲁迅有《呐喊》、《彷徨》、《野草》和《朝花夕拾》,但这不是全部的鲁迅。鲁迅在文本之外的思想活动,同样赋予了鲁迅以不朽的意义,而他的思想又从来与文本写作有关,这是我们都熟悉的常识。比较中国当代文学与现代文学,当代作家并不缺少技巧,恰恰缺少思想,缺少的是以思想介入公共领域。对当代思想文化问题的淡薄,是当下文学的一大问题。尽管有许多作家并不喜欢给自己贴上"知识分子"的标签,但在讨论到作家与现实、与人的精神生活的关系时,我们还是习惯于用知识分子的标准来衡量作家的意义。因此,如果反省自身,我们不能不承认在时代的变局中文学的思想格局、精神格局变小了,甚至贫乏和苍白了。

文学在精神生活中影响力的衰退甚至无能,与一段时期文学批评的误导和缺席有关。今天的批评界过早地学会了与创作的妥协,与现实的妥协,有时甚至把不痛不痒的批评视为学术的转向。不仅对文学生产进行批评的学者少见,能够通过文学批评介入公共空间问题的学者更是凤毛麟角。这和80年代的批评有很大差异。批评的状况之所以招致不满,除了我提到的这种妥协外,很大程度上是因为学者们已经开始习惯封闭通往公共领域的途径，安身立命于这些年逐渐形成的学科界限之中。我非常赞成文学批评的学院化方向，但学院化并不排斥内在于专业的社会批评，文学批评的学院化并不是思想的终结过程。已经成为导师的学者们，其最大的责任变为训练学生写作硕士、博士学位论文，学位制度、学科体制日渐成熟，而文学教育的问题却越积越多。文学批评界的断层，与文学教育的这一缺陷有密切关系。文学批评和政治实践、社会经验、思想文化、精神生活等诸多领域的脱节，可能造就了某种类型的人文学者，却失去了使学者中的一部分成为知识分子的可能。文化研究在文学批评中的影响剧增，在一定程度上是对这种脱节现象的反拨，它仍然重视文本的审美分析，但克服了以文本为中心的局限，把批评的触角引入到了文化的现实政治层面（无疑，那种背弃文本的美学属性，只是叙述社会文化现象的所谓文学批评也应当终止）。

要求文学批评在面对文本的同时也应当对社会生活作出自己的判断，这或许也是一种冒险，正如约翰·罗所说，"对于那些敢于批评的学者来说，批评通常意味着政治、经济、心理，乃至身体方面的冒险。"而这种冒险正是一个人文学者所必需的。冯友兰先生曾经引用过金岳霖先生的一段未刊稿，这段文字有这样的表述："中国哲学家都是不同程度的苏格拉底。其所以如此，是因为道德、政治、反思的思想、知识都统一于一个哲学家之身；知识和德性在他身上统一而不可分。他的哲学需要他生活于其中；他自己以身载道。遵守他的哲学信念而生活，这是他的哲学组成部分。他要做的事就是修养自己，连续地、一贯地保持无私无我的纯粹经验，使他能够与宇宙合一。显然这个修养过程不能中断，因为一中断就意味着自我复萌，丧失他的宇宙。因此在认识上他永远摸索着，在实践上他永远行动着，或尝试着行动。这些都不能分开，所以在他身上存在着哲学家的合命题，这正是'合命题'一词的本义。他像苏格拉底，他的哲学不是用于打官腔的。他更不是尘封的陈腐的哲学家，关在书房里，坐在靠椅中，处于人生之外。对于他，哲学从来就不只是为人类认识摆设的观念模式，而是内在于他的行动的箴言体系；在极端的情况下，他的哲学简直可以说是他的传记。"这段话对于文学研究者来说，实在是一种教诲。

回到文学的常识

在当下有不少仍然充满创作活力的作家，他们对小说以及文学的一些真知灼见可以说是在很多理论家、批评家的水准之上。我如是说，并非要在小说家与批评家之间做出高低的判断，而是越来越觉得小说家在回到文学的常识、打破文学的偏见方面，似乎比批评家更具理论上的诚实和勇气。在创作和理论批评相对沉寂、批评和创作的对话关系也相对微弱的情形下，有必要注意到这一现象。越来越多的人认为，文学的创新动力在不停减弱。80年代以来的文学实践表明，文学创新势必要打破偏见；但与此同时，我们需要思考的是，创新需要不需要从常识出发？如果丢掉常识，创新有无可能？我以为，现在的创作和批评需要回到文学的常识。

"小说"自然是个很难定义的概念，虽然已经有林林总总的定义。大卫·洛奇（又译成戴维·洛奇）的《小说的艺术》在大陆和台湾有多个译本（台湾译成《小说的五十堂课》），这本有广泛影响的书也没有直接回答小说是什么的问题。可见，即便是有"学院小说家"之称的大卫·洛奇，这位既创作又有理论的学者兼小说家也不肯轻易定义小说。但这位行家里手选择经典片段进行小说的技术分析时，始终没有离开小说人物的命运。大卫·洛奇的经历在中国恐怕也是少有的,"1960年到1987年近三十年的时间里,我既是小说家也是学者,在伯明翰大学教授英语文学,其间还出版了好几本文学评论的书,主要讨论小说作品以及'小说'这个文类,这几年间,我也开设了一堂名为'小说形式'的课程。1987年,我提前从大学退休后,发现自己没有意愿也毫无动力继续写那些主要给学术界阅读的评论。然而,关于小说艺术以及小说史,我仍然觉得有许多话想说,而这些内容或许可以引起一般阅读大众的兴趣"。(引自台湾版《小说的五十堂课》,木马文化事业股份有限公司出版,2006)。有近三十年的小说创作和研究经验,仍然有话要说,而且是以报纸专栏的方式写给一般读者。一个作家和学者能否有如此长久的思考力另当别论,但小说家和学者如何将小说的艺术魅力推销给一般阅读大众,恐怕是当下中国作家和学者的"短板"。在文学和一般读者的关系越来越松散时,大卫·洛奇这样的经历和做法,值得中国的小说家和批评家效仿。

正因为如此,我觉得王安忆《小说家的十三堂课》,是一部同样值得我们注意的关于小说艺术的著作。王安忆在复旦大学用十三堂课讲小说,她要解决的一个问题是"小说的目的",不是社会功能上的目的,而是小说本身的目的。王安忆对小说文本的分析,与理论家的原则无关,也和批评家的解读不同。优秀的小说家是贴着小说说小说。王安忆第一堂课便是讲"小说的定义"。小说是什么？王安忆的回答是："小说不是现实，它是个人的心灵世界。"而"这个世界有着另一种规律、原则、起源和归宿"。艺术，"只是作为人类的一个理想，一个人类的神界"。若是我没有理解错的话，小说的价值，就在于提供与现实世界不同的"另一种规律、原则、起源和归宿"。——这是小说家自己的"世界观"和"方法论"。如果我们承认文学的疲惫状态，承认文学对人的精神生活影响力的式微，那么，问题的症结也就一览无遗：小说家无法建立起用"另一种规律、原则、起源和归宿"构筑的"心灵世界"。中国的作家，就多数人而言，缺少的便是这样的"世界观"和"方法论"。

作为"心灵世界"的小说，其内核是"另一种规律、原则、起源和归宿"。但这一"心灵世界"也有自己的表现形态，王安忆说"形态"以讲故事为形式，用语言作材料。对这一常识，我们应该没有分歧。但如何看待包括故事在内的形式，却存在歧见，这也没有什么不正常；但需要追问的是，讲故事的目的是什么？我以为许多小说家的理解是有悖常识的。

在完成了从写什么到怎么写的转向之后，我们形成的新的常识是：小说需要技术，需要形式，技术和形式也是小说本身。但这个常识是不完整的，因为同样需要强调的是，技术、形式等都应当朝向小说的目的。讲故事，是语言的一种运用。小说家的语言当然与天赋有关,也与后天的训练有关,但即便由此形成了一种语言风格,小说家一旦对现实意义的理解发生变化,这种语言风格也会发生大的甚至是截然不同的变化。格非从《人面桃花》到《春尽江南》,其语言风格的变化,对我们颇有启示。格非说,"从文学实践的角度,我希望我的小说语言能一本比一本更自然,更加接近日常生活"。和《人面桃花》的典雅不同,《春尽江南》,用的是一种比较粗糙的、随意的叙述语言,而格非认为这是一个"伟大的目标",他甚至觉得自己的语言还不够"直接"。这一变化,源于格非对当下社会现实的体认。格非在回答记者的问题时说:"我2009年开始动笔,写了有七八万字,但是我发现文字上感觉不对。我觉得在我们这样肮脏的、乌糟的社会里面,你要写一种很美的文字很可笑,我觉得说不过去的,无法回避。我觉得句子还是要自然一些,所以虽然第一稿的文字是很漂亮的,但是我觉得这个社会根本不能承受这么漂亮的东西,我觉得很恶心,有点做作,受不了,所以我把它废掉了。"有人或许把这一变化解释为"现实主义"的胜利,但格非确定这样的叙述语言,为的是直白地呈现出"肮脏的、乌糟的社会",他选择的不是一些理论家、批评家所期待的那种粉饰社会的"现实主义"。在《春尽江南》中,主人公谭端午是一位"和整个时代作对"的诗人,其反复阅读的是欧阳修的《新五代史》。欧阳修说:"呜呼,五代之乱极矣!"格非也用"乱"字来评价当下社会现实,而且认为首先是"乱在我们心里",所忧所愤,仍在世道人心。所以说,语言的变化,是心灵世界之于现实的反映。

我们现在并不缺少懂技术活儿也会创新形式的小说家,相反,有众多运用好的技术和形式来讲故事的能手。然而,说完了故事,读完了故事,留下的是什么?在当代优秀小说家中,莫言讲故事的才华,是多数小说家难以企及的。莫言如何看待小说"讲故事"?莫言如此回答《南方日报》记者关于一部优秀长篇小说的特征这一问题:"第一,必须塑造出一个难以忘记的典型人物形象;第二,非常完美的结构;第三,必须包含超越时代的思想。"这三个特征当然是不可分割的。完美的结构,是其中的一个要素,这是形式问题。而"超越时代的思想",则是"另一种规律、原则、起源和归宿"的殊途同归的表述。我注意到,莫言用了我们长久以来都很少使用的另一个概念"典型人物",而且把它作为优秀长篇小说的第一特征。莫言进一步说到了小说与故事的关系:"小说依赖故事,但是仅仅讲故事的小说,只是停留在过去说书艺人的艺术水平。小说要超出故事,使人们从故事中想到更多。通过故事来写人、写人的灵魂、写对人自身的追问,由此引发读者超越故事层面,对人的自身的思考、对人的生存和死亡等最根本问题的思考。"所以,故事讲完之后,应该留下人物,留下对人的根本问题的思考。如果故事讲完之后,人和思考没有能够留下,那么这样的故事是背离小说的目的。

在一些人看来,莫言的这些话似乎是老生常谈,并无新意。这恰恰是认识上的一个误区。长期以来,无论是创作还是学术研究,常常把"新"等同于价值和意义,等同于"创新"。文学艺术总有些可以称为规律性的东西,规律是不能打破的。从80年代到现在,我们在"拨乱反正"和"与时俱进"中形成了许多新的认识和经验,因此也产生了许多新的常识。莫言用通俗的语言回顾自己80年代的创作历程,"过去的现实主义是虚假的,是不现实的,真正的现实应该贴着人写。当时我提出要把好人当成坏人来写,把坏人当做好人来写。无论好人坏人在笔下都是人,都要被赋予公正心和正直心。写《红高粱》,实际上完成的工作是坏人身上的优点我们绝不回避,好人身上的缺点我们也毫不留情,这才是真正的现实主义创作的原则。"真正的现实主义是应该贴着人写,这也是80年代重新理解现实主义原则的收获之一。观念上的这些"拨乱反正",其实打破的是偏见,回到的是文学的常识。但常识也在发展之中,而不是在禁锢之中。莫言认为光写他人是不够的,"经过几十年,光写他人还是不行的,要把内心深处的东西深深挖掘出来。不能老是批判别人、批判社会,把所有的罪推到别人身上,一直放大别人的缺点。当我们骂别人的时候也在骂自己,别人身上的阴暗面,自己也具备,只是五十步和一百步的区别。"莫言因此提出了"把自己当罪人写"的命题,并把自己作为《蛙》中"蝌蚪"的原型。莫言对"蝌蚪"的分析是,"这一代人身上所体现出来的自私是我们这一代知识分子中的通病,每个人都比小说中的蝌蚪好不到哪儿去。我对小说中蝌蚪毫不留情的剖析,就是对自己的剖析,我没有把自己塑造成完美的形象,我把自己心里很多卑微的想法或者阴暗的想法全部袒露出来。"我觉得,一个孱弱的心灵世界,既不具备批判社会的力量,也不具备自我批判的力量。在这个意义上,莫言的小说在呈现讲述故事的才华之外,始终有一种坚如磐石的内在力量。

小说家讲故事,重点还是在写"人"。如格非所说,我们可以从经济的成就来评价社会,也可以从社会发展方面来评价社会,小说家"首先考虑的是这个社会里面的人,现在这个社会里是一些什么样的人,然后这些人究竟对这个现实又是什么样一种反应?这个社会究竟是让我感到舒适还是不舒适?我们觉得压力非常大,没有前途是为什么?我把观点分散到各种人物身上,有好人也有坏人,是通过不同的人来表达。如果说我有什么目的的话,我希望读者在看《春尽江南》的时候,能够从作品里面找到他自己,看到他自己的灵魂,这是我最大的一个愿望"。我以为,小说的归宿感就在这里,从作品中看到自己的灵魂。

我们一般不会认为莫言是个墨守成规的小说家，但莫言提醒人们的仍然是文学的常识："文学作品的美应该是美在它的丰富，美在它的典型人物，如果一个作品没有一个让人读过忘记不了的人物形象，我觉得这就不符合小说的美学。"毋庸置疑，文学近三十年来的发展是巨大的。我们有了众说纷纭的故事，我们有了层出不穷的形式，但是否建立起了丰富复杂的心灵世界？是否塑造了丰富复杂的典型人物？这个答案在总体上应该是令人失望的，虽然也不乏堪称"经典"的作品。

在讨论到这些常识问题时，已经不可避免地牵扯到"现实主义问题"。王安忆在给小说定义时，首先说"小说不是现实"。从70年代末开始，从恢复革命现实主义传统、反思社会主义现实主义到争论现代主义，关于主义之争已告一段落，而且大家也形成了基本共识，至少不再认为现实主义是唯一的、最高的创作原则，至少不再认为现代主义和现实主义是尖锐对立的两者。而且事实上，近三十年来那些有成就的作家作品，已经很难用现实主义和现代主义来贴上标签。现代主义、现代派小说促进了80年代的"小说革命"，也给文学的创新带来了驱动力，尽管这种力量到了新世纪已经不再那么强大，这也同样证明了一种"主义"其实也是一种局限。

可能由于文学传统的力量，也可能由于意识形态的原因，虽然在80年代就确认了现代主义处理人、人性的合法性和有效性，但文学界似乎更习惯于强调现实主义应对现实问题的力量和有效性，特别是社会发生巨变、文学又似乎脱离现实时，这种声音常常变得很响亮。我并不认为发出这种声音是多余的，强调文艺的审美教育，强调文艺切实肩负起引领人民积极向上的文化担当，这样的基本观点，我也赞成。但我们不能把创作方法、原则定于一途。已经有迹象表明，片面强调现实主义，有可能颠覆常识，而形成新的偏见。比如，关于文艺"向内转"的问题，是80年代提出来的，有当时的特殊背景，也引起过激烈争论。但就我的理解，"向内转"对应的并不是"反对经世济用"。怎么判断"向内转"的倾向，以及"纯文艺"创作思潮，不宜轻下结论。"向内转"的提出、"纯文艺"（纯文学）思潮的兴起，有特殊的历史背景，即文艺曾经受到极左政治的控制和干扰，以及排斥现实主义之外的其他创作方法。所以"纯文艺"思潮有其合理性，不宜作简单的否定。当然，在"纯文艺"思潮之下，确有排斥文艺的社会功能的问题，但在新世纪以来，关于"文学性"的讨论，关于"纯文学"思潮的反思，都在纠正某种偏差。被我们认为曾经是"纯文学"的代表性作家，如莫言、韩少功、张炜、李锐、王安忆、贾平凹、苏童、余华、格非等，一些人始终是介入现实社会的，即便是那些先锋作家，也在90年代以后有所转向。这是我们都熟悉的，也是从80年代延续到现在的文学主潮。文坛确有问题，但不能轻易把这些问题归咎为现实主义创作的弱化。

在我重申这些文学的常识时，我自然不是愚蠢地想用惰性来消解创造性，而且我也知道常识到了一定程度就成为偏见。我们在80年代以来打破的那些偏见和禁区，曾经很长时间被视为常识（其实并非常识），只是在打破偏见和冲破禁区之后才回到了常识。小说家也好，批评家也好，都试图从各种理论中寻找解决文学困境的途径和方法。80年代以来，文学的变革也证明了这种方法的有效性。但是，文学已经回到了常态，在常识尚未累积为偏见之前，摆脱创作上的困境和理论上的匮乏，仍然需要对常识的尊重。

统一论述的背后

1978年以来的三十年文学，作为一个"时间"上的整数，恰好与"改革开放"三十年相同。近年来无论是"新时期文学三十年"还是"改革开放三十年的文学"等话题，其命名及相关讨论都顺着"改革开放三十年"这个大势进行。尽管我们侧重的是三十年文学，但为何凑足整数提"三十年"而不做其他表达？显然，离开三十年的"改革开放"是无法讨论文学话题的。因此，关乎"新时期三十年文学"之类的学术研究，都不是一个纯粹的文学现象，而是与"改革开放三十年"相关的一个问题，是一个"宏大叙事"中的文学问题。关于近三十年文学的讨论都离不开这个大背景，而且许多重要的问题都受此制约。这个三十年，部分已为"历史"，部分仍是"现实"，无论对"历史"还是"现实"，我们都有许多困惑，而关于文学的困惑常常不是来自文学本身，而是源于文学的处境。即便是讨论文学的话题，我们也是在与时代的关系之中展开的。这是文学界的"识时务"，由此也决定了我们思考的远和近。

"五四"新文学以来，我们已经有了两个"三十年"的说法，即"现代文学三十年"和"新时期文学三十年"。"现代文学"不仅是一个时间概念，也是一个历史概念，这是它和"当代文学"

的区别之一。"当代文学"之中的"新时期文学三十年"是否已经可以视为一个历史概念，现在还不能作肯定性的回答。1978年以来的三十年文学，已经和"现代文学"三十年不差毫厘了。但这仅仅是在时间上作等量观。用"新时期"来命名近三十年文学其不妥之处不证自明，大约在90年代初期时，"新时期"已被宣告结束，80年代文学、90年代文学以及新世纪文学等概念的出现，实际上也表明了批评界的另辟蹊径。这已经是一个老话题。从"伤痕文学"到"新写实文学"的概括赋予"新时期文学"的命名以合法性，而此后，不仅"时期"变了，"文学"也变了。90年代以后，"新时期文学"这样的提法越来越少，"八十年代文学"和"九十年代文学"取而代之。现在大家又突然"约定俗成"地说"新时期文学三十年"，正反映出我们对近三十年文学命名的困难，以及在这个"共名"背后存在的更大分歧。借助于政治的、社会的话语体系来命名一段文学发展过程，显然不是文学史叙述的方式，而且这样的方式，在很长时间里是文学和学术"自觉"后所反对的。然而，我们似乎暂时又无可能用新的概念来命名和阐释这一段文学历程。这就是我们在三十年以后仍然面临的一个困境，文学与时代的关系永远处于不断纠缠之中。

尽管这些年来关于文学和文学处境的认识弥漫着悲观、壮烈甚至无奈的情绪，但这不影响我们对近三十年文学总体发展的乐观估计，我们也时常从三十年中提取部分成就慰藉和鼓励写作者。毫无疑问，关于三十年文学的成就我们可以作出许多重要的判断，比如说：这是20世纪以来中国文学最重要的历史时期之一；近三十年文学与现代文学三十年相比并不逊色；中国当代文学已经具备了与世界文学对话的可能；等等。我也基本认同这些常见的看法，但同时认为，现在的这些评价，只是为将来的文学史历史化地叙述这三十年打下了基础，为文学经典的产生做好了初步的工作。我们既要自信也要谨慎地对待这三十年。在"重返80年代"的学术工作中，对差不多已经被我们历史化的80年代文学也有了新的认识，而如何评价90年代以来的文学则从一开始就存在着重大分歧。在这个意义上说，完整地评价近三十年文学的可能性是比较小的。

　　困难的形成有多种原因，而不只是一般地说文学史总是不断"重写"的。有一些基本问题，如文学三十年与改革开放三十年之间的关系，一时难以厘清，我在前面用"纠缠"这个措辞，不仅是形容两者之间的状态，也意在说明自己认识上的困惑。如果我们把这三十年作为一个整体，那么对其认识在今天已经发生了大的变化。笼统地说，这三十年是从"革命"时代到"后革命"时代的转折，但如何认识"革命"和"后革命"，不再是一个对西方概念的援引和解释的问题，而是一个认识"中国特色社会主义"

的问题。我们现在把70年代末80年代初中期兴起的"纯文学"思潮，看成一个"去政治化"的过程，而这个过程延续了这么多年之后，我们不仅发现当年的"去政治化"也是一种政治，而且意识到现在还处于"去政治化"的"政治"之中，因此，又有学者提出了文学的"再政治化"问题。这样一种认识上的变化，使得我们不能不重新认识文学在这三十年当中"回到自身"的历史过程。而如何认识"革命"、"后革命"、"去政治化"和"再政治化"，都影响着我们对文学三十年和改革开放三十年各自历史及相互关系的看法。

"新时期"以及"新时期文学"概念的提出是重要的。在从政治上对"文革"作了整体否定之后，"文革"已经成为"新时期文学"的参照，也就是说，我们讲文学"新时期"是之于"文革"而言的。在研究方法上，我们虽然注意到了不同时期的历史关联，但比较多的是注意到了历史的"断裂"，而没有注意到"断裂"中的"联系"。这实在是个值得注意的现象。比如，我们比较多地看到了"五四"的反传统，比较多地看到了"十七年文学"对"五四"启蒙主义文学的背离，比较多地看到了"新时期"对"文革"的否定，等等。以"新时期"而言，难道仅仅是否定了"文革"？关于三十年文学的论述，为了强调"新时期"，我们比较多地突出了这一时段之于某段历史的"断裂"。其实，当代文学的历史并未"简单中断"。如果不能改变"简单中断"的观点，当代文学史写作中的"整体性"构架是无法实现的。"简单中断"的观点，不仅存在于"文革"与"新时期"的关联研究中，也存在于20世纪中国文学研究的各个领域。对于改革开放三十年与文学的关系，差不多以"新时期"的命名开始逐渐形成了统一论述。如果暂且还用"新时期"这个概念，那么可以说，我们对新时期三十年，也开始做简单化的处理，无论是在政治领域，还是在文学和思想文化领域，已经建立起了"新时期"的统一论述。我个人认为，这种统一论述对知识界来说是不幸的。

我们不妨深入到"新时期文学"内部来讨论这个问题。"新时期文学"发展进程所呈现的，以及各种中国当代文学史著作中加以揭示的，不同于"文革"时期文学的"新"特征至少有四个大的方面：从"革命"到"后革命"的转移，结束了"以阶级斗争为纲"的时代，开始以经济建设为中心，这是新时期文学最基本的语境；文学从"工具论"、"从属论"到"本体论"转换，所谓"文学回到自身"；解决了作家的身份问题，知识分子是工人阶级的一个部分，对此，我们暂且不管是否合理，但确实是巨大的进步；重建了当代文学与中国文学传统、世界文学的联系与对话关系，思想资源与艺术资源逐渐丰富。——这些差不多是一种统一论述。但考察实际状况就会发现，这些统一论述掩盖了许多问题。比如说，作家的身份问题有没有解决，作家内心的危机与身份有无关系。文学如果已经回到自身，作家和批评家为什么常常觉得处境困难。当代作家与西方文学的联系确实是加强了，但与中国文学传统的关系是否疏远了，等等。以文学制度的重建而言，这三十年既有变化也有不变。比如说，党领导文艺的方式，文艺政策的导向作用是一如既往的；用行政手段处理创作和学术问题，在80年代并不少见，在90年代也未绝迹；作家组织的行政化趋势有增无减，同时又在体制和市场之间纠缠；评奖中的规则、"潜规则"依然牵扯意识形态的因素；文艺思潮也有内在的延续，从"红色经典"到"文革小说"，再到"改革文学"、"现实主义冲击波"及种种"主旋律小说"等，对现实主义精神的理解有很多一致性。这足以说明，历史并非简单的"断裂"。

因此，在提到改革开放三十年时，我们大概还要以改革开放的精神来对待近三十年文学。

在困境与困惑的打磨中生长

从70年代到80年代再到90年代，我们关于文学的思想不断更新、翻新、创新，在这个过程中我们获得了阐释文学与时代、与历史的主动权和话语权，无论是作为"立法者"还是"阐释者"。作为一种困境的时代之所以形成，其实与我们自身的知识生产有密切关系——这也是一种真相。我期待这样的不惑之惑，能够为我自己的思想与文字探索出一条小道。

在误解这个时代之前，我们又常常错读既往的历史。如果我们把"新时期文学三十年"再做划分的话，大概可以分为"那个年代"和"这个时代"。"那个年代"由80年代与90年代组成，而关于80年代，现在已经差不多完成了历史化的处理过程。但90年代与80年代不能截然分开，正如80年代与被我们划为两截的70年代并非泾渭分明一样。我们只是在自己的一种价值判断中建构了一条主线的历史，历史、时代的丰富与复杂，历史与时代之间的丰富与复杂，往往被我们删除了。我们只有光明的历史，没有黑暗的历史。我们或多或少夸大了文学的成就，特别是夸大了近三十年来的成就。我们今天常常对文学的现实充满疑虑、悲哀和不满，往往是因为我们生活在以为曾经繁荣的历史之中，而那个"繁荣"的历史即便不是充斥至少是不乏虚假成分。即使有

"五四"，有30年代，有80年代，甚至也有"被压抑"的晚清，但中国的20世纪无疑是个未完成的世纪。这个"未完成"的世纪不仅是历史的局限，也是时代的危机。我们在当下的困境与困惑，是未完成的20世纪的累积和延续。在这个意义上，既然任何历史都是当代史，那么，任何当代史其实也是历史。因此这个时代把太多的问题纠结在一起。这是一种重压，文学不免气喘吁吁。

我以悲观的笔调大而化之地谈论文学的大处境和历史，其实正是想突出文学的种种必要与不可能。即便在当下，我也不认为文学的价值被边缘化了，有益于世道人心的活儿不会失去它的存在价值。文学的存在和发展，与文学处于哪个时代并无特别的关系。但这些年来，我们得到的教训是：一方面，我们必须认识到文学只是掌握和反映世界的一种方式，夸大和缩小它的能量都是一种错误；而另一方面，文学既然是无可替代的，那么，它的独特性又如何在当下体现？

在这个被挤压的时代中，我们能否有自己的故事和讲述故事的方式，也许决定了文学的生死存亡。在真实的生活中，我们几乎都被格式化了，我们自己也用某种方式包裹、装饰了自己。我想多少年以后关于这个时代的知识分子（包括文学知识分子）的传记，比起哪个时代来可能都更显单调、贫乏与划一。我们没有自己的故事，没有事件也没有细节，冲突与越轨都会被适时地控制与调节。我一直觉得这是我们与我们时代的悲哀。然而，我又是一个理想主义者，我不认为这是我们的全部。我们的内心中应该还生长和挣扎着另外的生命迹象，而这种迹象可能更真实地残存和保留了我们与我们这个时代的秘密。倘若这只是这个时代的我们的一部分，那么，另一部分在何处？显然应当在文学中。比如说"文革"时期的顾准，就留下了两种文字，也是他的两种肖像。我们读到了两个顾准，也由他的文字读到了智识者对同一个时代的不同解释，我们由此获得了对那个年代以及其中的知识分子思想历程的复杂认识。文学，是否有可能如此，把另外一种关于时代的讲述留下，也把写作者的另外一面留下？这种可能，取决于我们能否有自己的故事和讲述故事的方式。

令人烦恼和不安的是，我们在文学中似乎和各种各样的故事与讲述者相遇，故事不断被生产，甚至有些过剩，至少那么多的长篇小说让你眼花缭乱。但是，能够让我们读下去的越来越少了，能够让我们记住的越来越少了。我们并不缺少有才华的作家和批评家，可是，文学的写作者总缺少点什么。我不清楚，写作者的思想能力从何时开始变得不重要了，世界观从故事中消失再次暴露了写作者哲学上的缺失和贫乏；写作者生活在世界之中，但写作者的写作是在对世界的认识之中。我不清楚，写作者的个人品格是何时从作品中消失的，是因为我们没有品格，还是因为我们无法呈现自己的品格？在讨论那些经典作家时，比如讨论鲁迅，我们从来不会无视鲁迅的品格。我不清楚，写作者的文字为何没有了自己的气息，文字应当是从自己的血液中过滤出来的，它带着个人的体温性情。网络语言和报刊社论对一个真正的写作者不会构成干扰，可怕的是写作者的个人气息在文字中散失。诸如此类的困境与困惑，让我明白，文学写作之所以重要，就因为它不再是一种职业，而是一种信仰。在这个时代，写作如果不能与自己的信仰、专业、人格、胸襟、操守与情怀融合在一起，文学的发展不仅会愈加困难，而且可能会失去它的独特性。

我们曾经认为，一个时代总会过去，而这个时代的文学会留下——我现在不是那么自信。

何谓批评家与批评家何为

沈阳是一座与文学批评关系密切的城市。不仅因为这里有一份著名的刊物《当代作家评论》，这几年《辽宁日报》组织的"重估中国当代文学的价值"也颇有影响。我每次到沈阳都很匆忙，这次又是匆忙到沈阳师范大学讲演。昨天很晚了，与几个作家、学者朋友一起聊天，话题是文学再加时政。无论是对文学还是时政，我们都有很多困惑。今天上午参加了"廖文"文艺评论座谈会，主题是"坚守文化立场，重塑批评精神"。如何坚守、坚守什么样的立场，如何重塑、重塑什么样的批评精神，这些年是有很多分歧的。坦率说，如何重建文学理论批评，是个难题。为破解这个难题，建法在沈阳师范大学设立这样一个讲坛。这个任务太崇高了。

当我今天以"批评家"的身份出现在这个讲坛时，我感觉我们这一代人，至少是我和我的一些批评家朋友，是愧对"批评家"这一身份的。这并非自谦，只要我们列出一个长长的中外文学批评家谱系，就会知道什么样的人才堪称批评家。即便不做这样的比较，只是置身于现时代，同样会发现当代中国的批评家虽然写出了很多有意义也有价值的文字，但相对于时代所赋予的责任，批评家的工作几乎是微不足道的。在座的年轻一代朋友，我不知道你们将来怎样，如果是以文学为业，无论是创作还是批评，我想你们可以从我们这一代人的局限中明了今后的路向。当然，以我们这一代做参照系显得小气了。即便我们不去仰望遥远处的那些杰出的或者伟大的批评家，往近处看，中国当代文学批评史上的那些批评家，亦可以成为明镜，让我们懂得一个批评家应该有怎样的信仰、操守、人格和专业水准，应该坚守什么，放弃什么，唾弃什么。我们从文学史、批评史中不仅要获取知识，还要学会价值判断。从某种意义上说，批评家所做的一切都是对文学做出价值判断。在这样的思路中，我选择周扬、姚文元和刘再复这三位批评家作为我讨论"何谓批评家与批评家何为"这一问题的个案。"何谓"与"何为"，是一个问题的两个方面。我肯定也给不了清晰、完整的答案，但我愿意借此表达自己对文学批评的一些不成熟的看法。

在讨论之前，我先援引萨义德提到的批评类型。他在《世界·文本·批评家》中提到四种类型："一是实用批评，可见于图书评论和文学报纸杂志。二是学院式文学史，这是继19世纪像经典研究、语文文献学和文化史这些专门研究之后产生的。三是文学鉴赏与阐释，虽然主要是学院式的，但与前两者不同的是，它并不局限于专业人士和常在报刊上发表文章的作者。鉴赏是大学文学教师所教授和演示的方法，实际意义上的受益人，就是那些在课堂上学会怎样读一首诗，怎样赏析一个玄妙取譬的奥义，怎样揣测具有独一无二的、而又不能还原成一个简单的道德或者政治寓意等特点的文学和形象语言的千百万人。四是文学理论，这是一门比较新颖的学科。"显然，"批评家"是一个广义的概念，文学史和文学理论研究者都在批评家之列。这些年来，我们把"批评家"的范围缩小了，所谓批评家是指那些只做当下作家作品研究的人。这是逐渐形成的学科体制局限的一种反映。在这种体制中，包括批评、理论、文学史在内的文学研究被人为地分割了，并且把批评降到最低的等级，这自然是可笑的。大家所熟悉的韦勒克的《文学理论》，把批评、理论和文学史研究的关系讲得非常清楚。我这里所讲的批评家，是在与理论、文学史的关联中，侧重于当代文学批评的研究者。

但萨义德对这四种类型的文学批评状况并不满意。这一状况是："在四种类型中，无论是哪一种都代表着各自的专门化和非常精确的智识劳动分工。此外人们还认为，文学和人文学科一般来说都存在于文化（有时称之为"我们的"文化）当中，文化又由于它们而受到尊崇并得到确认，然而，在由专业的人文学者和文学批评家所灌输的那种版本的文化中，获得许可的高雅文化的实践，相对于严肃的社会政治关注来说却是处于边缘的。"萨义德所批评的这种状况，在某种意义上，也揭示了中国当下文学批评的困境，"相对于严肃的社会政治关注来说却是处于边缘的"。这样说，并非否定"高雅文化"的实践，而是指"专业主义"局限了批评的价值和功能。萨义德说《世界·文本·批评家》的文章源于这四种类型，但又试图尝试超越这四种类型，"这种尝试（如果不是这种尝试成果的话）赋予了这些文章所进行的批评活动以贯穿并超越它们受惠所在的专业和惯例的特点"。这是萨义德的批评给我更重要的启示之一。

在萨义德看来，从某种程度上说，"文本性"就是文学理论的一种神秘的、洗净了的（disinfected）论题。而70年代末的美国文学理论，便是从一个跨越专门化界线的大胆的干预主义运动，进而缩退进"文本性"（textuality）的迷宫里。"正像美国学界当下所做的那样，文学理论在很大程度上都把文本性从背景、事件和实体意义（physical senses）中分离出来。而这些又是从文本性作为人类活动的结果而成其为可能并使之清晰起来的。"针对这种状况，萨义德的看法是："文本是现世性的，从某种程度上说是事件，而且即便是在文本似乎否认这一点时，仍然是它们在其中被发现并得到释义的社会世态、人类生活和历史各阶段（moments）的一部分"。萨义德特别强调，"无论是左翼还是右翼，又都背离了这些东西"。在当下语境中，文学批评活动也很容易被贴上标签，因此，讨论这个问题时，我想借萨义德的这句话来给自己的思路和想法做一"政治"上的澄清。

我为什么选择周扬、姚文元和刘再复的文学批评作为讨论的对象？因为我的基本认识是，这三人的批评活动是中国当代文学史中相关联的"事件"，是"社会世态、人类生活和历史各阶段（moments）的一部分"。当然，我在这里不是做周、姚和刘的专门研究，也只是简单论及。

我个人对晚年的周扬是充满敬意的。周扬一生充满矛盾和复杂性，而与这些相关的左翼文学、社会主义文学的历史同样是一段矛盾和复杂的历史，因此，不同的人会看到周扬的不同侧面，或谓之左，或谓之右。这样的印象可能都是偏颇的。这些年关于周扬的研究有很多的重要成果，对我们理解周扬与中国现当代文学的历史很有帮助。

周扬是1989年7月去世的。他1984年往南方访问，在广州不慎摔倒，1985年就成了植物人，停止了思想。我们现在能够读到的周扬最重要的论述是《关于马克思主义的几个理论问题的探讨》，这是1983年3月7日他在中共中央党校纪念马克思逝世一百周年的学术报告。这份由王若水、王元化和顾骧共同起草的报告全文发表在1983年3月16日的《人民日报》上。后来发生的事是我们都有所熟悉的，胡乔木于1984年1月27日在《人民日报》发表《关于人道主义和异化问题》一文。这是80年代最重要的思想论争之一。我今天不作思想史的讨论，我个人也无法对这一论争进行很具体的定位和评价。但从1985年以后文学发生的变革和近三十年的文学思潮来看，周扬的思想观点似乎得到了更多的验证。周扬在体制内无疑是一个被"异化"的人，而他的思想也终止于对"异化"的思考上。周扬可以说是一个悲剧性的人物，晚年又是幸运的，他有机会也有勇气来反思和批判他本人、他们这一代人以及他们参与设计和推行的文学制度的负面因素。曾经很长一段时间，我对周扬的理解是概念式的，2010年在哈佛燕京学社访学时，我有时间仔细读完了《周扬文集》，加深了对他的了解和理解。我近几年的文章因此常常引用周扬的一些论述，因此也听到有朋友嘲讽我怎么不时用周扬的话。这不是一个知识背景问题，而是一个论述文学史的方法问题。我自己觉得，讨论1980年代以前的文学史、理论和批评，是不能绕开周扬的。

我的博士论文是研究"文革"时期的文学与思想文化，因此比较多地阅读了姚文元"文革"初期的几篇主要文章和他在50、60年代的几部文集。姚文元的文章有一套逻辑，也有他自己的修辞特色，可以说是"大批判"式文学批评的"集大成者"。80年代末90年代初，也有一些"大批判"式的文学批评，但比起姚文元来确实是小巫见大巫。这也说明，产生姚文元式的文学批评家的时代一去不复返。但姚文元的文学批评不只是个人恶劣品德和思想偏见等所致，也是文学制度下的产物，当然是往极端方向发展的产物。这是我在后面要谈到的一个问题，周扬和当代文学制度的负面因素，是滋生姚文元式文学批评的重要因素之一。而周扬在70年代末80年代中期所做的大量工作，又正是清理这些负面因素。

刘再复1980年代中后期在文学理论界、批评界的影响，无人出其右。1984年他在《文学评论》发表《论人物性格的二重组合原理》，在此基础上，1986年出版专著《性格组合论》。《文学研究思维空间的拓展》是他1985年在《读书》上发表的文章，如这篇文章题名所揭示的那样，刘再复所做的工作是致力于拓展文学研究的思维空间。而他最具"革命性"的成果，是1985年、1986年发表的《论文学的主体性》（上下篇）。这两篇论文引发了大规模的争论，影响深远。从那时到现在，文学界再也没有如此重大的论争。我们处在一个没有思想交锋的年代。在大的背景上说，刘再复的理论创新，建立在周扬以及和周扬相似的一批理论家、批评家"拨乱反正"的基础之上。后来披露的史实进一步表明，刘再复的学术思想和思路与新时期的周扬有某种一致性，由刘再复起草、与周扬共同署名的《中国大百科全书·文学卷》的总论，便具有这样的象征意义。刘再复还为周扬起草了一些重要文稿，如1980年的《学习鲁迅的怀疑精神》，1981年的纪念鲁迅诞辰一百周年的报告等。

所以，我觉得，从50年代到80年代，周扬、姚文元和刘再复之间的文学批评，存在着一种"结构性"的关系。

如果我们要了解中国当代文学理论批评的发生，不能不读1944年周扬编选出版的《马克思主义与文艺》，现在在网上还可以买到这本书。这本书的《序言》得到毛泽东的肯定，曾经在《解放日报》发表。这本书除了论及马恩列斯、普列汉诺夫高尔基鲁迅，还第一次确定了毛泽东"论文学"的地位。这和周扬在1942年以后对《讲话》心悦诚服的认识有关。这篇序言，系统解读了文艺为什么是从群众中来，又到群众中去。这也是《讲话》的中心思想。周扬认为，毛泽东的更大贡献是在最正确、最完整地解决了文艺如何到群众中去的问题。他认为《讲话》"是中国革命文学史、思想史上的一个划时代的文献，是马克思主义文艺科学与文艺政策的最通俗化、具体化的一个概括，因此又是马克思主义文艺科学与文艺政策的最好的课本"。1946年，周扬在《表现新的群众的时代》一书《序言》中明确地说自己愿意做毛泽东思想的"宣传者、解说者、应用者"。从40年代到"文革"发生，周扬也确实这样做了,所以,他被文艺界称为"毛泽东文艺思想最权威的阐释者"。——这是周扬在很长时间留给人们的主要印象,"文革"前十七年文艺界发生的多次运动,周扬都被视为主事者之一。

但周扬在文艺界的位置并不顺当。《中共中央宣传部关于文艺干部整风学习的报告》中,对建国初期文艺状况的估计是:文艺工作的领导,在进入城市后的主要错误是对毛主席文艺方针发生动摇,在某些方面甚至使资产阶级、小资产阶级的思想影响篡夺了领导。报告认为"周扬同志应对以上现象负主要责任(周扬同志做了自我批评)"。根据张光年回忆,周扬去湖南常德参加土改前,毛主席把他叫到中南海,回来后"情绪恶劣"。毛主席批评周扬"政治上不展开",周扬不理解。在60年代初期,周扬还收到另外一些批评,比如认为他是一个"温情主义"者。

周扬是复杂和矛盾的。他在政治和知识分子良知两者之间沉浮。他整过人,但知情者说他从来不是第一个"发现问题"的,而是"执行者";他也被人整。他在《马克思主义与文艺》中,强调文艺的社会阶级意识形态性,强调新社会作家的任务是肯定新现实,强调文艺批评的两个标准和文艺问题上的两条战线斗争等;到了60年代,在领导组织文科教材的编写出版中,周扬的一系列谈话,又显示了他对文学艺术的真知灼见。他左倾过,但也反对过"左",在文艺工作中纠正"左"的偏差。根据一些亲历者回忆,在"文艺十条"修改定型为"文艺八条"之后,周扬看了一遍就签了名,认为"这是文艺上第一个纠'左'的文件"。在讨论"文艺八条"时,周扬对历次思想批判运动的说法是:"右派深渊、反党深渊、右倾机会主义深渊,深渊太多了,一下跌入,万劫不复。以后少搞点深渊!"

如果没有这么多的"深渊",也就没有姚文元这样的将知识分子推向深渊的推手,姚文元正是在历次思想批判运动中"展开"了他的"政治"。姚文元将周扬的这种复杂性和矛盾性称为"反革命两面派":"周扬是一个典型的反革命两面派。他一贯用两面派手段隐藏自己的反革命政治面目,篡改历史,蒙混过关,打着红旗反红旗,进行了各种罪恶活动。他是我们现在和今后识别反革命两面派的一个很好的反面教员。"姚文元详细地"揭露"了周扬的"反革命两面派历史",这篇文章与《评新编历史剧〈海瑞罢官〉》《评陶铸的两本书》一样,是姚文元以文学批评之名进行政治迫害的登峰造极之作。在姚文元的批判中,周扬这位曾经的"毛泽东文艺思想最权威的阐释者",成了"反党反社会主义的资产阶级文艺路线"的"总头目",由"红线"跌到了"黑线"。

其实,周扬即便复杂和矛盾,但他的主导面仍然是执行毛泽东文艺思想。周扬在1982年的《关于新"文艺十条"的谈话》中,曾经说过自己的"角色"问题:"对于毛泽东同志的文艺思想,不能停留在宣传解释阶段。应当把毛主席的理论具体发挥,进一步发展。我很惭愧,在这方面没有什么建树,或者建树很少。我说过,我的愿望是做毛泽东文艺思想的宣传者、解释者。我的意思是能做到这些就很不错了。现在看来,光宣传解释是不够的,要发展,实践提出了大量新的问题,要求我们作出正确的、新的答案。"这是周扬在"文革"之后的想法。周扬在十七年时期,有尊重文学艺术规律的思考,但这些只能修补主流文艺的偏差,而不足以改变文艺思潮的方向和文艺体制的性质。但是,即便是这些个别的、次要的因素,都对"一体化"构成了危险,更是和累积而来的"文革"构成了冲突。这种冲突的程度和性质在姚文元的文章中都被无限上纲,并加以政治定性:"周扬是一个反革命两面派。他之所以能长期蒙蔽一些人,同他这种两面派的手段有很大关系。要学会识别两面派型的人物。两面派是混入无产阶级内部的阶级敌人向我们进行斗争的一种策略,在强大的无产阶级专政条件下,他们只有用打着红旗反红旗的办法,才能够混下去。阴一面,阳一面,当面一套,背后一套,用的是马克思主义词句,贩的是修正主义黑货,在不利时退却,在有利时进攻,用假检讨来躲藏,用真进攻来反扑,招降纳叛,结党营私,以推翻无产阶级专政、实行资本主义复辟的最终目的,这就是他们的一整套策略。"

许多年以后，刘再复在《周扬纪事》中写道，"陶铸的夫人曾志告诉我，当她听到广播姚文元的《评陶铸的两本书》时，觉得每个字都像刀子往她心上戳，而周扬听到姚文元的《评反革命两面派周扬》时不知道怎能受得了？我一直想了解：是怎样坚韧的信念与观念使他能在最肮脏、最恶毒的语言轰炸中支撑住生命。每次见到他时，我几乎都忍不住要问他。"根据刘再复文章的记叙，"他说他每写一篇文章每作一次报告都要重新认真读毛主席在延安文艺座谈会的讲话，毛主席也亲自给他写了三十多封信，可是，不知道为什么，突然就这样整他。"这是困扰他到晚年的问题。刘再复的这篇文章用"伤感"来描述他对周扬的第一印象，我觉得"伤感"或许是晚年周扬的基调。刘再复说："那时，我注意到，他的眼睛是潮湿的。从他的泪眼中，我发现他心事很重。""这是周扬留给我的第一印象，完全是一种伤感的印象。这种印象在后来与他频繁的接触中愈来愈深。而且我知道，他的伤感一是为自己被伤害，一是为自己曾伤害过别人。特别是后者，我亲眼看过他多次为此落泪。"

周扬的这一形象，如刘再复所言，留下了一种"人性尚存的温馨印象"，他说他写《周扬纪事》这篇文章，"也是在为他的晚年未灭的人间性情作证。到海外之后，我所作的反省都是人性的反省，包括对故人的回忆，也唯有那些还具有人性挣扎的往事，才能重新激起我热爱人生的波澜"。这一印象和感慨，也是80年代初期以"人"为中心的时代精神的一个注释。周扬在70年代末提出了"社会主义文艺新时期"的命题，他在对"十七年""文革"的批判性反思，在对一些重大问题的探索中，开启和引领了新时期文艺思潮。但这是一个尚未完成的工作。陈思和在《中国新文学大系（1976—2000）》文学理论卷的"序言"中，精辟地论述了刘再复这一代知识分子理论批评工作的意义："几乎是紧接着戛然中止于周扬与胡乔木高峰论争的'人道主义'大讨论，'人'的话题从'典型'范畴中破胎而出，'人学'与文学的精神结合至此才知道历史所能给予的最佳舞台，而这一轮人文复兴的理论接力棒，已经传到了中年一代的知识分子手中。""他们在另一个向度上做到了周扬、王元化等没有来得及完成的'人学'理论的张扬。"

我没有能力通过周扬、姚文元和刘再复勾勒出中国当代文学批评史的完整轨迹。但即使在这样的叙述分析中，我们显然已经能够悟出一些经验和教训。

历史总是把批评家置于现实之中，批评家的位置是在"文本"

与"世界"之间。如果从当代文学批评的历史来看，我们所讲的"纯学术"，是指批评和研究不要为政治所控制，不要附加与文本无关的政治性。"文革"发动之初，一些领导人和学者希望把《海瑞罢官》的讨论和批评限制在"纯学术"范围，就是这一意思。"纯学术"不是将批评和研究与历史、现实割裂开来。文本是一个生产的过程，受到历史、现实和个人等因素的制约，而另一方面，一个批评家同样是处于这样一个有各种因素影响的语境之中。因此，批评家在阐释文本、阐释文本与世界的关系时，显然需要发现和阐释一些重大的命题，从而推进和引领文学思潮的发展。我们所敬仰的那些批评家，如别林斯基、车尔尼雪夫斯基等，都是这样的批评家。周扬、刘再复在新时期的探索，其重要意义也正在这里。以此为参照，我们不能不对今天的理论批评缺少对重大问题的发现和论述感到遗憾。当然，对重要问题的发现与阐释，丝毫不影响一个批评家对文本的细读。发现好的作品，对作品作出审美价值的判断，并初步完成作品的经典化，也是一个优秀批评家的主要职责。

这是一项艰难的工作。批评家和现实的关系是多样的，一个好的批评家总是在与现实的紧张关系中超越现实的限制，超越历史资源的限制。妥协和暧昧的批评家，如果处在一个正常的时代，他的批评工作作为一种学术积累的意义或许没有冲击力、影响力，但不会对文化生态和精神生活产生危害；如果处于非正常的时代，妥协、暧昧、顺从甚至合谋的批评家，他的批评工作足以危害到一个时代。姚文元正是我所说的后一种"批评家"。周扬在"文革"前十七年，没有走向极端，正是他的内在矛盾抑制住了他没有走向负面的方向。姚文元没有这样的内在矛盾，也没有周扬那样的马克思主义信仰。马克思主义在姚文元的笔下仅仅是"词句"（这是他批判周扬的措辞）。当一个人已经走到极端方向时，他再也没有翻身和转身的机会。矛盾的周扬，在历史转折之际，则获得了这样一个翻身和转身的机会。周扬在70年代末80年代初勇于反思历史、检讨自己，既是曾有的艺术良知的复苏，也是在新现实中的"革命性"的转换。我们要看到周扬与"历史"断裂的意义。个人与历史事件之间的关系，有偶然性也有必然性，当历史提供了一种可能时，信仰、人格、操守和理论创新的勇气，决定了这个批评家能否有所作为。

在这个意义上，文学批评也是批评家的精神自叙传。而在这个传记中，是否具有了知识分子的身份是一个重要因素。批评家不仅仅是一个文学专业的角色，同时还是一个知识分子。我个人觉得，知识分子这一角色在批评家中是比较薄弱的。信仰和主义本身，并不决定文学批评是否具有学理价值，但如果缺少信仰和主义，我不认为批评会获得力量。相对于薄弱的知识分子角色而言，机会主义的批评操作可能更具危险性。文学批评的困境、挫折以及这个世界中的微弱声音，当然与许多因素有关。专业的背景在文学批评中也显得十分重要。姚文元这样的"批评家"写出这样的批评文字，除了他的人格、品德的恶劣，也与他长期接受的意识形态和庸俗社会学有关。批评的发展是与知识体系、批评理论和方法紧密相连的。

辑四

би # 关于莫言和莫言研究的札记

一

在2003年出版《莫言王尧对话录》(严格地说这是一本访谈录，后来收入《莫言文集》之《碎语文学》，改名为《与王尧长谈》；我当时还做了与韩少功、李锐的对话录，和莫言"对话"时，我发现如果我不时插话，莫言关于自己生平、创作道路、文本、文学观等的叙述可能就不会完整，因此对自己的角色做了调整）之后，我只写过几篇短文谈论莫言，或者在综合研究中讨论到与莫言创作相关的问题。用相当的篇幅综论莫言，是我的写作计划之一，我同时又意识到深入系统地研究莫言不是一件简单的学术工作。因此，我一直关注学界同仁多年来研究莫言的成果（包括对莫言持否定性的批评文章）。林建法先生曾经主编出版《说莫言》（上、下），收录了1986至2013年间《当代作家评论》发表的莫言相关文章和研究莫言的论文数十篇，可以视为一本刊物研究一个作家的"批评史"。而更多的莫言研究成果则有待批评界整理和检视。关于莫言的研究成为中国当代文学研究的重要构成，尽管对莫言创作的评价在有些方面不无分歧，但在中国当代文学史论述中，莫言无疑被确定为最重要的作家之一。

莫言在获得诺贝尔文学奖之前，他的文学世界已经是一个丰富、巨大的存在，并非因为获奖才成为中国当代文学史上最具代表性的作家之一。如同莫言在《蛙》获得茅盾文学奖之后，有很多批评界同仁以为莫言在《蛙》之前有更重要的作品应该获得此项文学奖。换言之，莫言的意义首先不是由某个奖项（包括诺贝尔文学奖）赋予的，茅盾文学奖，尤其是诺贝尔文学奖是对莫言意义的一种重要确认，同时也提供了我们认识莫言的一种重要参照。在这个意义上，作为世界最重要文学奖的诺贝尔文学奖拓展了认识莫言的视野，有助于我们在更为广阔的文学空间中理解莫言的意义，并且由莫言的获奖来讨论中国当代文学在世界范围内的影响以及中国文学如何"走出去"的若干问题。

十几年前的2011年秋天，我与林建法先生合作在苏州大学主持"小说家讲坛"，我在开坛致辞时说，"小说家讲坛"的设立，是为了彰显小说家们被遮蔽掉的意义，在这个讲坛上演讲的小说家堪称是杰出的甚至是伟大的作家。坦率地说，十几年过去了，我觉得自己的判断没有大的失误，莫言和他的许多同辈作家堪称杰出的甚至是伟大的作家。我对个别作家做这样的判断，并不意味着我以此对当代文学做等同的整体性评价，也不意味着我认为莫言或其他重要的作家是完美无缺的，我同样认为，莫言获得诺贝尔文学奖之后在某些方面或许可以发挥得更好些。但我重申我自己的观点，坚定地认为，莫言是中国当代文学史上最重要的作家之一。

写作这篇札记时，我在微信中读到激烈批评甚至是嘲讽莫言近作的文字。我也读到了莫言有感而发的"打油诗"。其实，无论肯定还是否定莫言的近作，都需要有学理性的阐释。我以为，以莫言的成就、胸襟和智慧，他能够对待那些在学理层面上批评他的文章，如果他的近作有不尽如人意之处，他更需要学理的而非意气用事的批评。作为整体的莫言创作，自然包括了成功和不成功的作品，读者满意的和不满意的作品，批评家肯定的和否定的作品，但如果以后者来解构莫言的意义，至少在方法上是不妥当的。因此，当下的莫言研究仍然需要重视问题和方法。

二

以我肤浅的观察，近几年来关于莫言的研究在"海外传播"这一部分逐渐拓展和充实，整体研究比获奖之前并无更多的拓展和深化。其中的原因很多，除了莫言文学世界本身的丰富性外，获奖后的莫言已经成为一个"文化符号"，这增加了研究莫言的难度。虽然我在2013年就提出回到文学的莫言，现在也仍然坚持这样的主张，但我知道关于莫言和莫言研究事实上不可避免地存在着非文学、非学术的因素。回到文学的莫言,并不是人为地筑起藩篱,而是在与非文学、非学术的关联中,侧重莫言的文学,对莫言的意义做出文学的、学术的评价。

我们可能会忽视一个问题,一个获奖作家在享受如此灿烂的荣光时,同时也许会承受常人无法想象的压力。在一定程度上说,诺贝尔文学奖也是一个"生命不能承受之重"的庞然大物,国外一些作家在获奖之后再无重要作品,未必是江郎才尽,或许是因为这个奖项压得作家无法喘气。心态的变化会对作家,即便是伟大的、优秀的作家产生致命的影响。我们现在还不能对莫言的新的可能性做出消极的预测,莫言在获奖之初就意识到了获奖对一个作家可能产生的负面影响,并期许自己能够写出新的优秀作品。以我的观察和分析,莫言在获奖之后是冷静的、理性的。莫言这两年发表了若干新作,我称之为"再出发"。莫言的"再出发"表明他个人已经从喧闹中沉寂下来,我们有理由期待他会写出优秀作品。

莫言在获奖之前,对诺贝尔文学奖已有自己的思考。在长谈时,我提到了诺贝尔文学奖的话题,莫言回答说:"诺贝尔文学奖是个好东西,我觉得没有必要回避。好像说鲁迅曾经拒绝过诺贝尔文学奖,但那仅仅是几个中国人要给他提名,并不是瑞典文学院把奖给了他而遭他拒绝。所以说鲁迅拒绝诺贝尔奖仅仅是一个态度,并没有成为事实。尽管对这个奖有各种各样的评价,但它的诱惑是挡不住的。在百年的历史上,诺贝尔文学奖授给了一些伟大的作家,但也有不少得奖者经不起历史的考验,几十年后被人忘掉了,这也是正常的。""诺贝尔文学奖作为一个世界范围内的文学奖,不可能把所有的好作家都容纳进去。有些好作家没来得及参评就已经去世了,有些作家本来没有这种资格却得了奖,这基本上不影响诺贝尔文学奖的权威性,因为它评出的大部分作家还是真正了不起的。我想,大多数作家不会为了得奖才去写作。事实也证明,当你想得什么奖而去写作的时候,你多半是得不了的。""再就是,当某人得奖呼声很高的时候,这个人往往是得不了奖的,得奖者经常是那些仿佛突然地从地球深处冒出来的一样。譬如,当年意大利最有希望得奖的,最有资格的,众望所归的,我想是卡尔维诺,如果他得了奖,那么全世界都会鼓掌,但最后是达里奥·福,一个喜剧演员得了奖,文学界一片哗然。这就是我前面说过的,不是达里奥·福比卡尔维诺好,而是达里奥·福比卡尔维诺更符合诺贝尔文学奖的标准。"莫言在2012年说的这几段话,仍然是我们理解莫言的一个参照。

我所说的诺贝尔文学奖也是一个"生命不能承受之重"的庞然大物,在中国的文化现实中可能更是如此。中国作家获得诺贝尔文学奖,这是一个太久远的期待,太遥远的梦想。从鲁迅到老舍再到沈从文，诺贝尔文学奖成为中国文化以及中国与世界关系的典型的文化符号，其中灌注了太多的寄托，也纠缠了太多的非文学的因素。当这个重要奖项终于和中国作家莫言联系在一起时，曾经有过的历史复杂性都在这个时候省略和简化了，并且都聚焦到莫言身上。对莫言的期待，在文学之外，还有文化的、政治的，甚至是经济的。就莫言个人而言，他的日常生活改变了，他失去了以往的普通人所具有的自由；他和别人的交往方式改变了，或者说别人和他的交往方式也改变了；他在公众场合出现的方式改变了，他不是文化明星也不希望自己成为文化明星，但别人把他当作文化明星。与这些相比，莫言面临的更大的困境是，政治人物、作家、批评家和读者因为这个奖而改变了观察他的眼光和价值判断的标准。莫言不可能拒绝所有的社会活动，但他的任何一次演讲都被关注、检测乃至挑剔。在一个价值观分裂、利益诉求混杂的社会里，莫言的讲话常常被人朝不同的方向解释。这些年来围绕莫言的种种争论以及非议，在很大程度上都超出了莫言本身，折射了当下社会的问题。

如是观察和思考问题时，我以为，我们既要对莫言有所期待，又要对莫言有所理解和体贴。对莫言而言，这样的文化现实或许能够转化为他对当代中国社会的新思考，转化为他文学叙事中的生活和故事。而我们在研究莫言时，同样需要"减负"，需要剔除那些附加在莫言身上的因素。在《实习生》这部电影中，创建了时尚网站的朱尔斯·奥斯汀曾问退休之后重返职场的本·惠科特：为什么你每次都能讲正确的话？确实，就电影中的故事而言，本·惠科特每次都以正确的话回答朱尔斯·奥斯汀。电影中的这句台词让我大为感慨，在现实中有无始终讲正确的话的人？我们为什么每次都要莫言讲正确的话？什么是正确的话？如果莫言几十年来一直讲正确的话，莫言也就没有那些经典之作了；或者说莫言就不是文学的莫言了。

三

莫言获得诺贝尔文学奖已经五年多，关于获奖的一些细节逐步披露，这为我们澄清一个事实创造了条件。

在莫言获奖后，德国汉学家顾彬教授在接受《德国之声》采访时，批评了莫言的创作。顾彬教授认为，莫言找到了美国翻译家葛浩文（Howard Goldblatt）帮他翻译作品，这也是他的文学受到认可的关键因素，因为葛浩文的翻译不是逐字逐句翻译，而是整体的编译。顾彬教授所谓"编译"（或"改译"）的言辞后来演变为：莫言获奖主要是因为葛浩文先生的译本好，诺贝尔文学奖不是授予作家莫言，而是授予翻译家葛浩文。这样一个似是而非的说法也影响了中国的一些批评家和读者。

无疑，葛浩文教授对莫言作品的英译在英语世界产生了重要影响。葛浩文在2012年之前翻译出版的主要文本是：《红高粱》（1993年）、《天堂蒜薹之歌》（1995年）、《酒国》（2000年）、《丰乳肥臀》（2004年）、《生死疲劳》（2008年）和《檀香刑》（2012年），《四十一炮》和《蛙》的英译本则分别在2013、2014年出版。葛浩文在翻译过程中与莫言多有沟通，他要删去一些他以为累赘的章节。莫言同意葛浩文的意见，而《天堂蒜薹之歌》的结尾，则是莫言自己重写的。葛浩文的译本如何，是一个学术问题，在此不论。

顾彬教授等人说瑞典学院是根据葛浩文的译本授给莫言诺贝尔文学奖，则是一种毫无根据的妄测，而且忽视了一个常识：瑞典学院并不会只根据一个人的译本确定是否授奖，他们要参照几种译本。其实，《红高粱》《天堂蒜薹之歌》《丰乳肥臀》《酒国》《十三步》等小说的法文版，很多都先于英文版出版。根据我的了解，莫言小说法文版的出版时间分别是：《红高粱家族》（1990年）、《天堂蒜薹之歌》（1990年）、《透明的红萝卜》（1993年）、《十三步》（1995年）、《酒国》（2000年）、《丰乳肥臀》（2004年），法国汉学家杜特莱夫妇和尚德兰的精确译本，应该比英文译本更早地进入了瑞典学院的视野。在颁奖典礼的晚宴上，希尔维亚王后对莫言说，她十几年前就读过莫言小说的法译本。在各种译本中，瑞典汉学家陈安娜翻译的瑞典文版，也是值得注意的。

莫言本人并不否定葛浩文英译本对他获奖所发挥的作用。但是，如果把莫言的获奖归结到葛的译本，不仅对莫言是一种伤害，对其他译本的译者也是不公平的。瑞典学院不仅不轻信一种译本，甚至还要派人到作家所在国秘密调查这位作家在本国的反映。瑞典学院在跟踪阅读莫言十几年后，又让马悦然秘密翻译了莫言的部分中短篇小说，供院士们阅读。因是职务行为，马悦然翻译的莫言短篇小说集在莫言获奖前不能出版，莫言获奖数年后，征得学院的同意，才得以出版。瑞典学院的严谨和专业是毋庸置疑的。

四

坦率地说，当我陈述莫言获奖之后的境况并试图做出一些简单分析时，我意识到其中的困境之一是仍然在缠绕作家的文学与政治、体制的关系。我注意到，越来越多的人更在意莫言在文学之外的发言，而在文学之外发言，恰恰不是莫言的长处。回溯80年代以来的文学历程，莫言是一位很少在作品之外对现实问题发言的作家，在这个层面上，莫言和他的前辈作家和同辈作家中的一些人相比，并无特别心潮澎湃的"政治热情"和"干预意识"。但成为"文化符号"的莫言在获奖之后，有时又不得不"发言"。

此时，人们对莫言的要求，已经不是对一个普通作家的要求。这样的要求自然有合理的成分，但如以此论定莫言又失之偏颇。我曾经在一篇短文中谈到，无论在国内还是在海外，不少人对莫言都有一种非文学的期待，种种期待的背后也潜藏着种种政治的、意识形态的因素。当莫言的一些回答和这些期待有落差时，政治的、意识形态的分歧也就凸显出来。莫言几十年的创作道路表明，他并不愿意离开文学成为一名"公共知识分子"，而在复杂的文化现实中，又有很多人期待他成为"公共知识分子"。

这是一个困扰"五四"以来中国作家的重要问题。和鲁迅、郭沫若、茅盾、郁达夫、老舍、巴金、周扬、胡风那两代作家、批评家不同，当代作家或者批评家对现实的影响远没有他们那么深刻和直接。即便是在改革开放之后，文学的启蒙和政治的思想解放运动有过密切的关系，也有一些作家曾经试图"干预现实"，但多数作家没有在这条路上往前走。这不完全是文学体制的限制，也与当代作家的特质有关，像鲁迅那样既是文学家又是思想家的知识分子并不多见。能够在文本内外对社会、现实的诸多方面做出文学的、思想的回应，已经不是中国当代作家的长处。这是一个普遍性的问题。我近几年在研究"陪都"重庆时的知识分子，颇有感慨。我们尊敬的那些作家在抗战的艰难岁月里，顽强地生活着，创造着。他们中有许多人在20世纪五60年代都有过"失常"的表现，有些言行，在今天的我们看来几乎是匪夷所思。其中一些作家在"文革"结束后有所反思，或者有深刻的反思，如巴金、周扬等。在特定的历史情境中，人是不容易的。所以，我主张对历史苛刻，对个人宽容些。

我曾经比较过莫言在小说和散文中的存在方式（当然这是有差异的两种文体）。我发现，莫言虚构的能力远远胜于非虚构的能力。当以想象的方式构建文学世界时，莫言天马行空。而他以写实的方式直接记录生活时，和小说相比显得拘谨，尽管在他的散文随笔、讲演、问答中也充满真知灼见和神来之笔。但总体而言，莫言不是以直接的"言说"来表达深刻思想，而是以虚构的"创作"来传达他具有创造性的世界观和方法论。如果阅读过完整的授奖词，我们会发现，诺奖评审委员会对莫言的肯定，除了他的文学才华、创作方法外，还有他的创作直面历史和现实，而不是妥协和顺从。至少在创作上，莫言是突破了许多禁忌的。如果就文学与历史和现实的批判性关系而言，《红高粱》《酒国》《丰乳肥臀》《檀香刑》《生死疲劳》等无疑是杰出的作品。在小说文本中，莫言是一位具有良知和批判性的作家。因而，一些批评莫言的人，甚至极端而荒唐地指责莫言是"汉奸"。这种极端的、非学术的言论反证了莫言是一位具有良知和批判精神的作家。

当我们在文化现实中也深刻体会到内心世界的矛盾、痛苦、分裂甚而是懦弱时，需要体会莫言这一代作家成长和发展的不易。如果简而化之，以人与体制的关系论，很难说谁与文学体制没有关系。我在呼应丁帆教授《青年作家的未来在哪里》中的观点时认为："在文化现实中，正确处理了文学与政治的关系后，'体制'对文学的影响是正面的。从另一个角度看，文学发展中的挫折、困境也与这一关系未能适当处理有关。""我们需要在作家、批评家与体制、现实的相互关系中讨论问题。"在讨论文学的莫言和文化现实中的莫言时，我仍然持这样的观点，并且认为文学体制曾经为莫言这一代作家创造了条件，莫言这一代作家也在创作中突破了文学体制的限制从而促进了文学体制的调整。当文化现实叠加了更多的复杂问题时，莫言面临了如何再次超越的问题。

五

研究莫言还涉及另一个问题，即莫言和同时代作家的关系。有人认为，中国还有其他作家可以得诺奖；或者说，中国有不少作家和莫言一样重要。这些说法隐含的意思并不完全相同，如果从正面理解，也许应该是不能非此即彼的，"扬李抑杜"。我并不认为重视了其他优秀作家的成就便削弱了莫言获奖的"合法性"；

同时，并非突出了莫言便遮蔽了其他作家的成就。当我们在整体上肯定这个时代或许是优秀作家诸峰并起时，我们并不能忽视莫言的不可替代性。至少在相当长的时间内，当我们论述当代文学史的秩序时，莫言是处于中心位置的少数几个作家之一。如果说，在获奖之前莫言和同时代的优秀作家在文学秩序中的位置处于并列的状态，那么获奖之后，莫言的位置显然前移了。诺贝尔文学奖不是唯一的，但确是将作家作品经典化的重要方式之一。

在"位移"中产生的这样一种关系其实并非对立的关系。莫言在获奖之后，也多次肯定他同时代作家创作的意义。我们都注意到，他感谢了支持和批评他的人，他说他不能代表中国当代文学，他肯定中国未获奖的作家有许多人是优秀的，他坦言他的写作超越党派，他也不希望有"莫言热"，等等。我并不认为这是莫言的客套话，而是基于他对亲历的当代文学史的认识。莫言对其他作家的尊重既见于他的文章，也体现在北京师范大学国际写作中心的活动中。在对话录这本书的后记中，我曾经说到一个细节：我在谈话中称莫言为"天才式的作家"，但莫言在修订对话录的文字稿时，把"天才式的作家"改为"有点才华的作家"。付梓前，我又改为"天才式的作家"。这本对话录后来在台湾出版了繁体版《说吧，莫言》，莫言仍然按照他的意思又改了过来。所以，我很能理解莫言在获奖后用他父亲的话说自己仍然是个农民的儿子。

一部中国当代文学史当然不可能是一个作家的文学史，但是以重要作家作品为主体的文学史。我们现在在研究中需要进一步阐释的问题是：莫言和同时代的优秀作家构成了怎样的多元共生的关系；在跨文化的语境中莫言何以脱颖而出成为当代文学的代表性作家；当我们表述"莫言等"时，如何在差异中呈现莫言的不可替代性，又兼顾其他优秀作家，从而形成文学史的新论述。

六

在重读莫言和莫言研究时，有许多问题困扰我。

当莫言分别以《檀香刑》和《生死疲劳》向民间叙事传统和中国古典小说致敬时，莫言与中国叙事传统构成了怎样的互动关系？在中国文化的脉络中，我们如何解释莫言？

莫言并不讳言外国文学对他的影响，事实上这种影响是多方面的。但莫言同时坦承他没有读完马尔克斯的《百年孤独》，并且试图摆脱马尔克斯的影响；在解释他的"魔幻"时，他提到了故乡的生活本身和蒲松龄《聊斋志异》对他的启示。与前一个问题相关联，莫言是如何在本来和外来的传统中形成自己的世界观和方法论的？

无论是莫言本人还是批评家都强调他的小说"在故乡"又

"超越故乡"。这里要讨论的问题不仅是莫言的身世、童年记忆，而且还有与故乡相关的诸多因素如何成为莫言的创作资源（原型、主题、结构等），特别是如何成为莫言后来与其他作家相区别的"文化差异"。很多年前，阿城曾经这样说到莫言创作独特性的形成，他认为莫言《透明的红萝卜》《白狗秋千架》等之所以个人化特点鲜明，在于莫言处于共和国的一个"边缘"："为什么，因为他在高密，那真的是共和国的一个边缘，所以他没受像北京这种系统教育，他后面有一个文化构成是家乡啊，传说啊，鬼故事啊，对正统文化的不恭啊，等等这些东西。"阿城的观点对我颇有启示。但这只解决了莫言小说的文化生成问题，需要追问的是莫言如何再创造和超越的。

我近来关注中国当代文学的微观研究，文本的"内部构成"是微观研究的重要方面。就"内部构成"而言，莫言的小说仍然有巨大的阐释空间。而研究莫言文本的"内部构成"还涉及莫言小说的译本。关于莫言海外影响的研究，多数侧重莫言的海外研究，也有很多论著梳理了莫言海外译介的基本情况，但在译介学意义上研究莫言译本的工作有待深入。

关于汪曾祺和汪曾祺研究札记

在中国当代文学史研究分歧不断扩大的秩序中，汪曾祺先生是少数几位差不多被"经典化"的作家之一。汪曾祺先生百年诞辰之前，《汪曾祺全集》《汪曾祺别集》的出版以及各式各样的研究，将离开我们二十余年的这位先生建构成"传说"一般的人物。一位当代作家大半生处于寂寞，因《受戒》《大淖记事》和重写的《异秉》而声誉鹊起，辞世后影响力在相当范围内持续不减，这本身就是值得关注的现象。这个现象与汪曾祺先生鲜明的个人特色有关，但其中研究者的审美趣味、当代作家的文化素养以及仍然处于转型时期的文化结构都催生了我说的这种现象。

我从青年时期阅读汪曾祺，最早的习作之一是讨论汪曾祺先生的散文，在80年代末90年代初写作《中国当代散文史》时，毫不犹豫地列了专章论述汪先生的散文。2017年我又撰写了《重读汪曾祺兼论当代文学相关问题》，比较系统地表达我对汪曾祺先生的理解。如果不是新冠疫情，我也会参加北大的汪曾祺研讨会后再往高邮，和"汪迷"们一起表达缅怀之情。我无法预测以后的文学史会如何论述汪曾祺，但在当代文学史的整体结构中，汪曾祺当有一席之地；同样，我也认为，过往汪曾祺研究中的水分或许也会收缩。在我的阅读印象中，汪曾祺研究存在过度解读的问题，突出表现为从个人偏好出发过度阐释汪曾祺的文学史意义，在文本之外过分把玩汪曾祺个人生活的趣味，对汪曾祺"士大夫式"生活方式的过度渲染，这些都有可能将汪曾祺先生的性情与作品变成一种文化消费。如果汪曾祺先生健在，他也可能对这些善意的夸大与过度解读不以为然。汪曾祺先生本人的文论，对自己作品的解读其实是非常谨慎的，特别是意识到了自己这种写作方式的局限。我们当然不必完全以作家的夫子自道论长短，但我以为汪曾祺先生自己是清醒的。汪曾祺先生百年诞辰之际，在表达敬意和缅怀的同时，我坦率说出我的忧虑和异议。

《汪曾祺全集》的出版堪称当代文学文献整理的一件大事，从研究的角度看，全集的出版反衬了我们过去研究的不足和片面。从80年代开始，我们陆续读到汪曾祺作品的各种选本，现在它以全集的面貌出现，无疑让汪曾祺本身"丰富"起来，特别是全集中的书信卷，为我们研究汪曾祺提供了新的参考。全集凡十二卷，小说三卷，散文三卷，戏剧两卷，谈艺两卷，诗歌杂著一卷，书信一卷。这样的规模，超出了我的预期，我们通常不认为汪曾祺是位体量大的作家。尽管汪曾祺先生未写出长篇小说，但就文体的多样性和艺术成就而言，他堪称"文学家"。以往我们侧重谈散文、小说、戏剧等，也会随着《汪曾祺全集》的出版而逐渐走向综合研究。这对汪曾祺的研究者其实也是挑战，跨文体研究需要研究者调整知识结构、阅读经验和视角方法。

汪曾祺是怎样"练成"的？显然，综合研究既不是作品数量，也不是文体的相加。如果从20世纪40年代的《邂逅集》算起，汪曾祺是在"现代文学"的"尾声"中崭露头角，然后随即沉没在历史的大转折之中。就像他在《邂逅》中写的那样："活在世上，你好像随时都在期待着，期待着有什么可以看一看的事。有时你疲疲困困，你的心休息，你的生命匍伏着像是一条假寐的狗，而一到有什么事情来了，你醒豁过来，白日里闪来了清晨。"直到1961年写出《羊舍一夕》，这一"匍伏"是十几年。张新颖兄以"前半生"和"后半生"论沈从文，如果借用这一划分，不妨说读懂汪曾祺的"前半生"才可能理解汪曾祺的"后半生"。在《汪曾祺全集》出版之前，我们仅凭40年代的《邂逅集》和80年代以后汪曾祺先生的自述，似乎不足以理解他的"前半身"。在读完了书信卷后，我感觉汪曾祺思想和艺术的来龙去脉清晰了许多。我们至少需要思考一些简单的问题：从40年代到80年代，汪曾祺的思想历程和文学观念有无整体论述的可能性？我个人以为这两条线索是存在的，简单以传承传统和人格文人化并不能充分解释汪曾祺何以成为汪曾祺的问题。

汪曾祺本人并不希望被人从现实甚至政治中剥离出来。他在谈《晚饭花集》和《汪曾祺短篇小说选》部分作品的区别时说：

"我的作品和政治结合得不紧,但我个人并不脱离政治,我的感怀寄托是和当前社会政治背景息息相关的。必须先论世,然后可以知人。离开了大的社会政治背景来分析作家个人的思想,是说不清楚的。我想,这是唯物主义的方法。"[1]尽管汪曾祺先生本人如此解释,但在研究者越来越强调他的"抒情传统"后,他的"感怀寄托"也越来越被淡化了。从"大的社会政治背景"看,汪曾祺先生其实一直在其中沉浮。这里就有一个分寸需要我们掌握,汪曾祺的作品究竟蕴含了多大的"社会政治"?我感兴趣的是,他如何处理自己与"社会政治"的关系,这又如何影响了他的文学观念和创作。在这一点上,他和80年代那些风生水起的作家是有很大差异的。

回到20世纪40年代。汪曾祺先生1944年6月9日致朱奎元:"我被我的思想转晕了,(你设想思想是一辆破公路上的坏汽车,再想想我那次在近日楼的晕车!)我不知是否该去掉一向不自觉的个人主义倾向,或是更自觉的变成一个个人主义者。或者,我根本逃避一切。话说来简单,而事实上我的交扎情形极端复杂,我弄得没有一个凭对澄清的时候,我的心里的沉淀都搅上来了。"[2]我们后来在研究当代文学史时,通常会把"个人主义"的消失视为"五四"精神失落的表现之一。在现代的语境中,汪曾祺作为一个个人主义者并不是例外,他在50年代的纠结都与这个个人主义倾向有关。有个人主义倾向不等于置身事外。1945年昆明"一二·一"事件后,昆明中国建设中学所送挽联便是汪曾祺集庄子句而成:"指传于薪,不知其尽也;柴生乎守,有待而然耶?"抗争的汪曾祺也处于迷惘之中,1947年7月15日汪曾祺致信他的老师沈从文。这一年的五、六两个月,汪曾祺写了十二万字,但思想上极为苦闷,他告诉自己的老师:"我被一种难以超越的焦躁不安所包围。似乎我们所依据而生活下来的东西全都破碎了,腐朽了,玷污萎落了。我是个旧式的人,但是新的在哪里呢?有新的来我也可以接受的,然而现在有的只是全无意义的东西,声音,不祥的声音!"[3]他抨击了"乌烟瘴气"的上海文艺界,也为《长河》的命运鸣不平。在这封信中,汪曾祺还提到了他不赞成沈从文再写两三年的想法:"信上说,'我的笔还可以用二三年'。(虽然底下补了一句,也许可稍久些,一直可以支持十年八年)为什么这样说呢?这叫我很难过。"我们后来知道事实是,两三年之后沈从文先生确实远离了文学。

如果要有新的生活,显然就要克服自己的"个人主义倾向"。1957年,汪曾祺读了一位作家的《更信任人吧》曾致信作者,表达自己的欣赏。但到了这一年的7月,汪曾祺又致信作者,认为当时的"欣赏"是自己思想的一种反映,"这是一种自由主义。我总觉得在生活里所受到的干预、限制、约束过多,希望得到更多的'信任',更多的自由。这实在是要求放松或者取消改造。我正在检查我的右倾思想。我希望你也检查检查。至少,你这首诗对于我这样的读者是起到这样的效果的。我也曾经想,这是指的人民内部的,不,正是人民内部,需要改造,而这种改造应该由党来领导"。[4]这段文字当然见出特定时期的压力,但也从一个侧面说明他在40年代后期所说的个人主义不时"抬头"的问题。从80、90年代的创作看,汪曾祺的"个人主义倾向"在抑制多年后复活,这是他和文坛保持适度距离而没有随风转的原因之一。

汪曾祺经历过几次历史的大变动,在他身上我们也能体察到这一代知识分子在巨变时代的思想痕迹。汪曾祺西南联大时期的老师冯友兰先生1949年致信毛泽东"我在5年内要以马列的新观点来重写哲学史",这是我们都熟知的一件事。汪曾祺在40年代说自己"个人主义倾向",50年代反右运动后也努力改造自己,并融入(主动地、被动地)新的文化秩序中。80年代以后,汪曾祺在50年代希望的那种少干预、少控制的氛围出现了,这个时候他没有做出极端的选择,对待现实政治的态度也十分谨慎和平缓。在致刘锡诚的信中,汪曾祺说了自己受儒家思想影响和自己是一个中国式的人道主义者后,他提出了这样的问题:"这些思想怎么可以和马克思主义扭在一起?特别是在'人道主义'这个问题现在'热火朝天'的时候,怎么可以提出这样的问题呢?我真希望有人写写这样的文章：中国的传统思想和马克思主义及现代思潮的关系。你等我再想想吧，也许有一天我能把儒家的'赤子之心'和马克思主义之间的墙壁沟通。至于文章的后一部分倒是好办的，就是我提过的：回到现实主义，回到民族传统。然而，民族传统又怎能和民族的传统思想不发生关系？"[5]如汪曾祺意识到的那样，"这是个很伤脑筋的问题，真不如写小说省力气"。以我的阅读印象，这是汪曾祺思想中最宏大的两个问题。这两个问题困扰了几代作家（知识分子），至今仍然在困扰我们。即便是现实主义问题，也从来没有简单过。几十年来，一旦思考大的问题，作家们通常是找不到答案的，汪曾祺先生最终也没有把他的"墙壁"打通。如果在这个意义上讨论当代文学，我们会发现无法打通的心路历程在文学中是模糊甚至稀缺的。

汪曾祺先生内心是有痛苦的，甚至是复杂的。但他并没有将这样的痛苦和复杂性充分地辐射到小说创作中。显然，这与汪曾祺在"文革"结束后的世界观和方法论有关。在"人道主义"成为一个"敏感词"时，汪曾祺宣称自己是一个抒情的人道主义者。《我是一个中国人》是汪曾祺先生一篇著名的文论，他在给刘锡诚的信中详细说了自己对一些关键问题的思考，"我想说我的思想受了儒家思想的影响"。他欣赏的境界是"暮春者，春服既成，冠者五六人，童子六七人，浴乎沂，风乎舞雩，咏而归"。曾皙逍遥自在的这一理想生活方式,得到他老师的赞同,但孔夫子没有能如此生活。汪曾祺是位热爱生活的作家。1997年4月为五粮液酒厂题了"任你通读四库书,不如且饮五粮液"。他的题画诗文也常常记美食,1986年11月为李政道画云南菌子、茶花并题:"西山华亭寺滇茶花开如碗大,青头菌、牛肝菌皆蔬中尤物。"即使在物资匮乏的70年代,汪曾祺也能从寻常的日子里享受生活的滋味,这在他1972、1973、1977年写给他的西南联大同学、语言学家朱德熙的几封信里可以读到,他甚至想在退休后写一本《中国烹饪史》。这样的生活态度和创作态度,汪曾祺又用这样的诗句表达:"万物静观皆自得,四时佳兴与人同","顿觉眼前生意满,须知世上苦人多"。"致君尧舜上,再使风俗淳"似是汪曾祺的另一理想,他想换人心,正风俗。从这些表述看,汪曾祺似乎是一位文化保守主义者。他的静观、知足、体恤,在他的文学创作特别是小说中得到了充分展现,这样一种文化人格和价值选择一方面确定了汪曾祺文学创作的基本品貌,另一方面也让汪曾祺和现时代形成了巨大的反差。这个巨大的反差便是汪曾祺在80年代产生影响的重要原因。尽管汪曾祺先生提醒读者和研究者他的作品中也有痛苦,但在整体上汪曾祺先生的创作过滤了生活的复杂性和意义的多样性。1981年8月致陆建华信:"单看《受戒》,容易误会我把旧社会写得太美,参看其他篇,便知我也有很沉痛的感情。"[6]他留下了已经消逝的生活、风景、人性、境界和与之相关的美好故事。汪曾祺凭吊了一种韶光,我们经由他凭吊了一段历史。他曾经在这种韶光、历史中生活和思索。但这些都过去了,我们需要在另一种韶光、历史中生活和思索。同时,我们还要警惕中国式的智慧和文人化的方式可以百炼钢化为绕指柔,但同样会把斑杂的社会生活弱化,把内心深处的痛苦弱化。我们当然不必以"大"压"小",但在成其"小"和成其"大"之间,可能还是要鼓励作家们成其大。

值得注意的是,尽管汪曾祺曾经改写过40年代创作的几篇小说,但他的小说观念在40年代基本成型。1944年4月24日致朱奎元信:"我向日虽写小说,但大半只是一种诗,我或借故事表现一种看法,或仅制造一种空气。我的小说里没有人物,因为我的人物只是工具,他们只是风景画里的人物,而不是人物画里的人物。如果我的人物也有性格,那是偶然的事。而这些性格也多半是从我自己身上抄去的。"[7]在1947年致唐湜的信中,汪曾祺坦陈自己缺少司汤达的叙事本事,也无曹禺那样紧张的戏剧性。他谈到自己小说的结构不是普通的结构,语焉不详的"结构"在他谈"形式"时有了进一步的表述:"我要形式,不是文字或故事的形式,是人生,人生本身的形式,或者说与人的心理恰巧相合的形式。(吴尔芙、詹姆士,远一点的如契诃夫。我相信他们努力的是这个。)也许我读了些中国诗,特别是唐诗,特别是绝句,不知觉中学了'得鱼忘筌,得义忘言"方法,我要事事自己表现,表现它里头的意义。"[8]在给唐湜的信中,汪曾祺还说到叙述的"时态"问题:"我现在似乎在流连光景,我用得最多的语式是过去进行式(比'说故事'似的过去式似稍胜一筹),但真正的小说应当是现在进行式的,连人,连事,连笔,整个小说进行前去,一切像真的一样,没有解释,没有说明,没有强调、对照的反拨,参差……绝对的写实,也是圆到融汇的象征,随处是象征而没有一点象征'意味',尽善矣,又尽美矣,非常的'自然'。"[9]

这样简短的文字涉及几个方面的问题。形式不是文字或故事的形式,是人生本身的形式,这种内在于人生或人的心理的形式,其实就是我们后来经常说到的"内容就是形式"。在这个意义上,汪曾祺同样是位"先锋小说家"。无论从汪曾祺的自我阐释,还是他的创作来看,其文学资源的丰富性是在古典、现代和外国之间(《邂逅集》的现代主义诗学特征一直为研究者肯定),另外一个来源则是以民间文艺为特征的"小传统"。他在80年代仍然思考着这样几个方面的融合问题,在研究者多强调他的"传统"时,他本人则不忘突出自己的"现代"。1992年在和马原、张炜的对谈中,他特别提到自己虽然读的是中文系,但受到现代派的影响,也受唯美的新感觉派的影响。确实,现代小说观念其实是深刻影响了汪曾祺的创作。所以，在研究汪曾祺时，我们仍然要思考"现代"是如何激活"传统"的。如果对照他40年代的小说观点，我们就会发现，80年代以后的汪曾祺在小说观念上不是否定而是强化、完善和坚持了他之前的主张。他不主张小说的故事戏剧化，1962年4月10日致黄裳信："我这个人曾经有很厉害的偏见，以为人生只有小说，而无戏剧。凡戏，都是不自然的（我原来是一个自然主义者）。"[10]他仍然强调小说的"气氛"或"氛围"，1982年2月致陆建华信："'气氛即人物'，不必过多地解释。说多了，即容易说死了。这只是我的一点体会，说不上是理论。"[11]《受戒》《大淖记事》等便是他小说观念的完美实践。

任何一种选择都意味着一种放弃。我们不能简单地说，写作中的汪曾祺生活在"旧时代"，但可以确定的是汪曾祺也"屏蔽"了另外一种生活和写作的可能性。汪曾祺先生内心的遗憾之一应该是没有能够写出他计划中的两部长篇小说。他在给友人的信中多次提到他构思中的两部长篇。1983年5月："几个出版社约我写长篇，我想回高邮住一阵，但不知什么时候。"1983年9月："我想回高邮，是有一点奢望的，想写个长篇。题材连一点影子都没有。我是想写写运河的变迁。半年了解材料，肯定是不够的。如果身体还好，将常常回乡，才能真正有深切感受。"在是年9月10日的信中，汪曾祺再次说道："我一直想回高邮。想写一部反映高邮生活的长篇，也许以运河的变迁为主干。这得用几年功夫。原来想明年回来住几个月，看来不行了。明年我要写一部历史长篇小说《汉武帝》。我随便和人民文学出版社的编辑说了说，不想他们认了真，已列入1985年的发稿计划，那么，后年争取回来。"[12] 1984年他给亲戚的信件中仍然说："明年如果身体好，也许会回高邮住几个月，搜集一个长篇的材料。"那段时间，汪曾祺翻来覆去地读《汉书》，他没有着手《汉武帝》，他开始意识到写汉武帝的困难："《汉武帝》尚未着手。很难。《汉书》《史记》许多词句，看看也就过去了，认起真来，却看不懂。"他在信中提到韩嫣、李延年"与上同卧起"，不能断定他们是不是和汉武帝搞同性恋，而这一点在小说里又非写不可。关于司马迁的"宫刑"，汪曾祺还特地写信请教吴阶平先生。另一个大的难题："历史小说很难作心理描写，而我所以对汉武帝有兴趣，正因为这个人的心理很复杂。我想在历史小说里写出'人'来，这，难！"[13] 1985年6月他在给朋友的信中再次说：《汉武帝》还未动笔。很难。"

这两部长篇小说最终未能进入写作状态，但这是我们需要讨论的一个问题。关于高邮的长篇小说未能写出，如汪曾祺先生自己意识到的那样，材料不够。也就是说，生活来源是个问题，而这个问题不能完全靠写作中的想象力去克服。汪曾祺先生的小说观念落实在中短篇小说中是长处，而在长篇小说中则是短处，他无法用之前的方式去写作作品。"我的一些小说不大像小说，或者根本就不是小说。有些只是人物素描。我不善于讲故事。我也不喜欢太像小说的小说，即故事性很强的小说。故事性太强了，我觉得就不大真实。""我年轻时曾想打破小说、散文和诗的界限。《复仇》就是这种意图的一个实践。后来在形式上排除了诗，不分行了，散文的成分是一直明显地存在着的。所谓散文，即不是直接写人物的部分。不直接写人物的性格、心理、活动。有时只是一点气氛。但我以为气氛即人物。一篇小说要在字里行间都浸透了人物。作品的风格，就是人物的性格。"当汪曾祺说出他在历史小说中如何写人的心理、写人时，他就需要"颠覆"他之前写中短篇小说特别是写作短篇小说的观念和文体，而这是一个太大的难题。从"很难"这两个字，我们可以猜想汪曾祺先生内心的痛苦，他一定想过如何解决这个难题。即使是汪曾祺先生这样的优秀小说家，他也始终面临自己挑战自己的问题。作家总有自己的局限，我们所说的不以偏概全，似乎可以包括不以优点遮蔽不足。

汪曾祺先生在文学上的重大贡献是恢复了语言的文化本性，并且创造了汪氏文学语言。汪曾祺先生那样自由自在地生活在自己的语言中，这样的状态令所有写作者羡慕。我留意到，汪曾祺先生在语言上的"守正"，也让他对文学语言持谨慎和保守的态度。他没有介入当时的"朦胧诗"论争，但在给朋友的私信中对

"现代派小说"和"朦胧诗"的语言表达了不满和担忧:"随着一些'新'思想、'新'手法的作品的出现,出现了一些很怪的语言。其中突出的是'的'字的用法。如'深的湖'、'近的云'、'南方的岸'。我跟几个青年作家辩论过,说这不合中国语言的习惯。他们说:为什么要合语言习惯!如果说'深湖'、'很深的湖'、'近处的云'、'离我很近的云'……就没有味道了。他们追求的就是这样的'现代'的味儿。我觉得现在很多青年作家的现代派小说和'朦胧诗'给语言带来了很大的混乱。"汪曾祺先生甚至希望语言学家能出来"过问"一下,他问朱德熙先生:你觉得他们这样制造语言是可以允许的么?[14]他的这位同班同学是语言学大家,但肯定管不了这样的事,语言学上的现代汉语研究无法规范文学作者的语言。这同样是我们在解读汪曾祺小说和散文时面临的问题,好的语言其实很难分析,也许只能说"好"。汪曾祺在为《蒲桥集》书封写的小语:"此集诸篇,记人事、写风景、谈文化、述掌故,兼及草木虫鱼、瓜果食物,皆有情致。间作小考证,亦可喜。娓娓而谈,态度亲切,不矜持作态。文求雅洁,少雕饰,如行云流水。春初新韭,秋末晚菘,滋味近似。"[15]读这样的文字后,我们很难再对汪曾祺散文以及他的小说做现代汉语研究式的解读。

这是我们今天无法模仿汪曾祺的原因。除了文化积累的不足,我们所受的教育以及所处的时代已经不再造就汪曾祺式的文人。在这个意义上，汪曾祺先生和类似他的这一代知识分子是最后一代"士大夫"。换言之，汪曾祺先生是终结了文学上的一个时代，而不是开启了一个时代。我们今天对汪曾祺先生的缅怀和肯定，很大程度上与我们自己的贫乏有关，与我们创造力的丧失有关。尽管理论上可以说"回到传统"或"从传统再出发"，但实际上能够回到什么程度是令人疑惑的。汪曾祺是位具有现代小说观念的小说家，甚至在某些方面具有"先锋性"。他是在融合了"现代"以后再以"现代"写"传统"的，而非以"传统"写"传统"。汪曾祺先生晚年改写《聊斋志异》，相对他的其他小说显然逊色太多。这是否意味着以"传统"写"传统"的空间有限？如此，汪曾祺是不可模仿的，模仿必死。如果我们要重写"传统"也只能在汪曾祺先生的基础上再造新路。汪曾祺先生留给我们的启示，包括他的成就和局限，则是我们需要珍惜的资源。

注释：

［1］参见《汪曾祺全集》(9)，人民文学出版社2019年版，288—289页。
［2］参见《汪曾祺全集》(12)，人民文学出版社2019年版，第14页。
［3］同上，第28页。

［4］同上，第48页。

［5］同上，第111页。

［6］同上，第81页。

［7］同上，第6页。

［8］同上，第35页。

［9］同上，第35—36页。

［10］同上，第51页。

［11］同上，第91页。

［12］同上，第119页。

［13］同上，第131页。

［14］同上，第96页。

［15］参见《汪曾祺全集》(10)，人民文学出版社2019年版，第283页。

谈论阎连科的一种方式[1]

一

我首先要感谢爱知大学的黄英哲教授。几年前，我曾经很荣幸在名古屋的一次会议上做过演讲:《"陪都"与"红岩"：关于"重庆"的叙事》，与今天在座的很多日本学者有一面之缘。这次黄教授邀请阎连科先生和我访问日本，在这次会议之后，还要去东京大学、立命馆大学、大阪市立大学和神户大学等学校演讲，让我再次有机会向日本的同行表达敬意，和诸位一起分享阅读阎连科的心得。

原来的议程安排是阎连科先演讲。学者在小说家演讲之后再讲，肯定是很吃亏的。我发现阎连科在小说越写越好的同时，演讲也越来越精彩，是一个非常优秀的演说家。这以他的几种演讲集为证。多年前在江南的一所大学，阎连科说：上帝是公平的，王尧的普通话不是那么标准。他现在不这样说了，因为他不觉得我和他同场演讲会影响到他演讲的效果。幸好，黄英哲教授临时调整，安排我先讲。

我选了一个难以回答清楚的问题：阎连科是谁？或者说我们如何观察阎连科。阎连科在现场，可能他也无法说清楚自己。诸位可以问问他,阎连科是谁。我觉得"阎连科"是"谁"这个问题很重要。我要谈的是阎连科,但涉及观察阎连科的背景、视角和方法,需要几个参照系。因而,肯定要牵涉其他问题,或者说,我们要在一个时代中来描绘阎连科的肖像。我的基本想法是将阎连科置于文化现实之中,这个文化现实当然有"历史"在当下的延续。没有这样的背景,阎连科的意义无法显示。当我试图回答阎连科是谁时,也只是表达我的一种观察、思考和判断。我对阎连科的基本评价是,他是当代中国最富世界影响力的作家之一,他以自己的世界观和方法论创造了文学的"当代中国"。

有一种意见认为,批评家和作家的关系不能太密切。如果是针对批评家和作家的庸俗关系,这种意见是正确的,事实上,这种庸俗关系是存在的。但我和阎连科都可以说,我们不在此列。我们在信仰、文学观念、为人之道等方面有许多共识,因而相契之处甚多。我们在一起时,也常常讨论他创作中的问题。这可能有利于我在讨论阎连科时"知人论世"。确实,如有的学者所言,一个批评家所批评的往往是他的同辈作家。

今天有这么多的日本学者、翻译家和研究生来听阎连科演讲,既反映了日本朋友对中国当代文学的关注,也在一定程度上说明了阎连科在日本的影响力。我注意到,近十年,日本翻译出版了阎连科的《为人民服务》、《我与父辈》、《年月日》、《炸裂志》、

《沉默与喘息》、《受活》和《丁庄梦》等作品。我听说阎连科其他几部作品也在翻译中。我曾经看到一则新闻，说《受活》的日译本在日本很畅销，首印八千册，后来又加印了三次。这个发行量很让我吃惊。所以，阎连科获得日本读者评选的Twitter文学奖是实至名归。用阎连科自己的话说，《受活》是纯文学作品。日本读者喜欢《受活》，因为它是文学，不是其他。国内一些人以为阎连科作品在海外的影响，主要是"政治"原因，这不仅误解了阎连科，也误解了日本的学者和读者。这也是我在后面要谈到的一个问题。我听说一个年近八旬的日本老人，因为喜欢阎连科的小说，开始学习汉语。当然，阎连科也很喜欢日本文学，现代以来中国很多作家都受到日本文学的影响。阎连科这次在日本有好几场演讲，他会专门谈他对一些日本小说家的看法。——因此，我们今天讨论阎连科是有共同基础的。

二

我们面对的是阎连科丰富的文学创作。《年月日》、《日光流年》、《坚硬如水》、《受活》、《丁庄梦》、《四书》、《炸裂志》和《日熄》等小说是阎连科创作的主体部分，他首先是一位小说家。我曾经长期研究散文，以为非职业的散文写作往往能够出现优秀散文作品。阎连科的《我与父辈》再次证明我的这个判断有一定道理。仅凭这一本散文,阎连科堪称当代重要的散文家。在他的《发现小说》出版之后,参照他的一些演讲录、访谈等,我们会发现,阎连科以他命名的"神实主义"为核心,形成了他对小说和相关文学问题的独特理解,他似乎有一个非常大的抱负,建立起自己理解和阐释世界的理论和方法。我比较早地留意阎连科的理论研究,在《发现小说》正式出版之前,已经有一些单篇文章发表。

如果把阎连科作品在海外的译介和研究也视为阎连科文学世界的一部分,我们讨论阎连科的视野会更为开阔。阎连科的作品被海外学者用二十多种语言(涉及日、韩、越、法、英、德、意大利、西班牙、以色列、荷兰、挪威、瑞典、捷克和塞尔维亚等语言),翻译出版了七十多部外文版作品。海外学者关于阎连科的研究成果也值得我们参照。阎连科的创作获得了比较广泛的认可。这些年来,他的奖项有:获马来西亚第12届世界华文文学奖;2012年入围法国费米那文学奖短名单和英国国际布克奖短名单;2014年获捷克卡夫卡文学奖;2015年《受活》获日本"推特"文学奖;2016年再次入围英国国际布克奖短名单,这一年新作《日熄》获香港"红楼梦文学奖"。海外的研究当然有其局限性,但我们不能把海外关于阎连科作品的译介和研究都视为意识形态偏见。

另一个似乎也让人棘手的问题是阎连科和体制的关系问题。

其实，在"文革"结束以后，原则上这不是一个问题。阎连科也是在所谓的"体制"内成长起来的，他两次获得鲁迅文学奖。《夏日落》之后，阎连科和"体制"关系好像变得复杂起来。在创作《日光流年》期间，阎连科用"心灵之死"表述自己的转型。此后，因为《为人民服务》《丁庄梦》等，他成为一个被"争议"的作家。这也是事实。如何看待这样一个问题，见仁见智。无疑，阎连科的许多看法，和主流论述有不少差异。但阎连科是从文学的角度来阐释他的思想观点的，也主要是用文学的方式来反映他对世界、现实、历史的理解。昨天聊天时，几个日本朋友关心阎连科在国内的状况。我想告诉大家的是，阎连科的写作是自由的，他能够坚持自由写作。他在中国人民大学做教授，上课，还带研究生。一方面，当代中国已经发生巨大变化，有相当的包容性，阎连科在他以往的演讲、文章中谈到中国的进步；另一方面，阎连科是个有定力的作家。因而，我认为重点不是考察阎连科与"体制"的关系如何，而是讨论在这种关系中，阎连科的差异性或独特性何在，又怎样影响了他的创作。

三

我在前面已经提到，我们需要把阎连科置于若干关系中加以讨论。

我曾经说过,阎连科是个大器晚成的作家。他在1979年就发表了第一篇短篇小说,但他的重要作品几乎都写于1990年代以后。在中国当代文学研究中,1980年代文学受到高度重视,在这个年代的有影响的作家往往也被赋予了比较重要的文学史位置,这个位置当然不会一成不变。1980年代确实是新文学以来一个十分重要的时间段。我们这一代人,很大程度上是1980年代的产物。1980年代有它自身的问题,是一个"未完成"的年代。如果以1980年代为参照,一方面,1980年代的文学和文学家们常常会遮蔽1990年代以后的文学和作家,阎连科也是多多少少被"遮蔽"的一位,而批评界也习惯于以1980年代文学为参照系确定此后文本的意义和作家的地位;另一方面,我觉得1980年代哺育了阎连科,这个哺育的效应有些滞后,但阎连科是在思想、艺术创新的精神上延续了1980年代的"文学传统"。在1980年代产生重要影响的作家,几乎都是阎连科所说的"写作的叛徒",由于各种原因,1990年代以后很多作家失去了这样的身份。在这个意义上,阎连科是一个真正意义上的"先锋作家"。记得哪位批评家在很多年前问过一个问题,昔日顽童今何在?阎连科可能就是这样一个顽童。他的头发也白了,算是老顽童了。

我说阎连科和"体制"的关系不是重点问题,但这并不回避阎连科和现实的关系。阎连科的被"争议",可能源于他与现实的"紧张"关系。我的理解是,首先,这种"紧张"不是对抗,是一个作家试图以自己的世界观和方法论认识现实世界和建构文学世界的一种努力。其次,如果只是在意识形态层面上解释这种"紧张",不仅局限了阎连科的意义,也局限了这个时代的意义。我们不能把无限的、驳杂的现实简单归结到一个方面。再次,在很大程度上,作家和现实总是有冲突的,如果一致,就没有文学世界。如果说有冲突,我认为是和关于现实的某种观点、规诫的冲突或差异。在这点上,我认为阎连科继承了鲁迅的传统,他衔接了鲁迅的精神谱系。

我曾经在一篇文章中表达过这样的想法:感时忧国的阎连科并不以这种紧张关系为乐,但当他直面历史和现实时,他无法缓解和扭曲自己的内心世界。他对历史的重写、对现实的批判,始终葆有理想主义者的底色,如鲁迅那样在反抗绝望。在与现实的紧张之中,他始终透露出人性的温暖,显露出一种大爱,而他在日常生活中从来就是一个具有悲悯情怀的人。

阎连科对小说、对小说方法论的理解和他对现实、历史、人性的理解一样,具有独特性,他试图在这两个方面形成一个完整的系统,以建立自己的文学世界,而不只是用"他者"来解释自己。凭这些理论研究,阎连科足以称为教授。我想,他在香港科技大学的讲座一定深受学生的欢迎。我最近又读了他的一本学术随笔文稿,是南京大学丁帆教授和我主编的"大家读大家"丛书之一种,感觉阎连科对外国文学、外国作家有自己独特的看法。因此,我说,我们面对的是两个阎连科,作为作家的阎连科,和作为教授的阎连科。其实,这种现象在现代中国是常见的,当代也有作家是学者型的,像格非、叶兆言等,都有自己的研究领域。阎连科的不同在于,他对文学、小说的理解不是单一的文学史、作家作品研究,而是与自己的创作实践相关。几年前,我曾经写过一篇文章,《作为世界观和方法论的"神实主义"》,讨论阎连科自己命名和阐释的"神实主义"与他创作的关系。我当时的结论是,阎连科是位有自己的世界观和方法论的作家。因此,阎连科的理论研究成果,也是我们观察阎连科的参照系。

四

现在我想用几个关键词来解读阎连科。

"故乡"因此成为阎连科词典中的第一个关键词。阎连科1958年8月出生于中国河南省嵩县,这个县在洛阳的西南边,因嵩山而得名。大家未必知道嵩县,但知道嵩山,嵩山有少林寺。阎连科在很多文章,包括他的长篇散文《我与父辈》中对他的出生地、对故乡有相当细致的叙述。阎连科早期的一些小说,"瑶沟""耙耧"等实际上也是对故乡的另一种叙述。有作家朋友说,一个人的童年记忆决定了他的写作方向。对阎连科而言,他的童年和青少年时期的记忆,都与他在故乡的年月日有关。如何认识阎连科与故乡的关系是研究阎连科的一个重要方面。我曾经想用一个具体的地名代替"故乡",比如他的出生地"嵩县",比如他作品中的"瑶沟""耙耧""黄河",这些"地名"也可笼统地称为"中原"。

中原文明衰落后的历史沧桑和现实困境,中原大地的厚重、悲凉一直与阎连科血脉相连,使他成为真正意义上的大地之子。好多人在成名之后喜欢说自己是农民的儿子,现在也有很多人喜欢以文学的方式重返作为故乡的乡村。我觉得故乡一直在阎连科的内心之中。即便是写知识分子的《风雅颂》和《四书》,场景仍然离不开故乡。阎连科的小说呈现的不是文明与愚昧的冲突,是文明衰落后的困境,是炸裂式发展中的困境。这样一个大的落差或错位,成为阎连科内心冲突的来源,也影响了他想象的方式、路径和小说的结构模式与人物塑造。他的小说的底色与人物的命运始终与故乡这一背景有关:苍凉、死寂、残缺、疾病、卑微和挣扎。也许我们会在意其中的贫困和饥饿,但比贫困和饥饿更刻骨铭心的是人性和人的命运。故乡当然是变化的,在消除贫困和饥饿过程中，刻骨铭心的仍然是人性和人的命运以及超越故乡的国运。《受活》和《炸裂志》能够说明这一点。

"死亡"是另一个关键词。阎连科在演讲、创作谈中多次提到他对死亡的恐惧，在小说中会写到与死亡相关的疾病，包括残疾。这是我们大家都熟悉的。他在《阎连科文集》的总序中说："从懵懂记事伊始，直到40岁左右，每每想到死亡，内心都有着颤栗的恐惧。可是这几年，渐渐地觉得面向死亡，竟然可以坦然面对。"我们要关注的是：一、这种对于生命死亡的恐惧，在多大程度上影响到阎连科的写作。研究死亡、疾病与写作的关系，有很多经典论述。阎连科对死亡的恐惧，在他回忆军旅生活的文章中也多次提到。死亡的恐惧无疑也与疾病有关，但又不完全是疾病的刺激。他对弱小生命的悲悯，对命运无常的挣扎，都折射出他的生死观。二、他对死亡恐惧的消失，也是我们可以关注的一个点。在"心灵之死"中获得新生，是由生命（肉体）转向心灵（精神）的一次升华，因而，这里有一个转换，曾经恐惧万分的死亡，成了"心灵之死"。这一表述是2007年1月阎连科回忆《日光流年》的写作时使用的。阎连科说："回忆《日光流年》的写作过程，至今仍使我有着后脊发冷的感觉，那不光是自己的躯体备受煎熬，更是心灵的一次死亡过程。或者说，那是次走向心灵之死的漫长写作。"这段文字是值得我们思考的。他是在当时强大的精神压力下,完成了自己思想历程的蜕变,心灵之死是对一种思想、写作方式的告别,因而也是心灵之再生。

这种恐惧感,在很大程度上影响了阎连科的写作。我这里读一段阎连科的话:"我是因为害怕死亡才写了那部长篇小说《日光流年》,讲了一个人与死亡抗争而无奈的故事。我希望通过写作,在我的后半生中,对无处不在的恐惧形成一种抵抗。我已经四十多岁,有过许多经历,目睹了太多的爱情的虚假,对虚假的、逢场作戏的爱情感到一种真诚,对所谓崇高的爱情感到一种敬畏和害怕。因为有一种对崇高的恐惧,就写了《坚硬如水》,讲了一个严肃的、革命的'爱情故事',借以排遣自己对爱情与革命的敬畏和害怕。我因为腰椎、颈椎长年有病,东跑西颠,四处求医,十几年不愈,就总害怕自己会有一天瘫在床上,成为一个残疾人,所以今年又写了一部有关人类残疾的长篇小说,叫《受活》。还有《年月日》对恐惧寂寞的描写与抵抗,《耙耧天歌》对疾病的恐惧与抵抗,如此等等。"[2]

"黑暗",这个词很容易引起误解。其实,内心光明的人往往更容易感受黑暗。我好像是陪阎连科去嵩山论坛演讲时,在飞机上看到他在修改这篇稿子。在卡夫卡奖颁奖仪式上,阎连科演讲辞《上天和生活选定那个感受黑暗的人》对"黑暗"做了精彩的解释,这是理解阎连科和阎连科创作的关键之一,也是理解阎连科与现实冲突的关键。我这里引用其中的两段:"我也过早地懂得了黑暗,不仅是一种颜色,而且就是生活的本身。是中国人无可逃避的命运和承受命运的方法。之后,我当兵走了,离开了那一隅偏穷的村落,离开了生我养我的那块土地,无论生活中发生怎样的事情,我的眼前都会有一道黑幕的降临。而我,就在那一道幕布的后边,用承受黑暗,来对抗黑暗,如同用承受苦难的力量,来对抗人的苦难。"

阎连科因此成为"那个命定感受黑暗的人"。于是,他看到了当代的中国,"它蓬勃而又扭曲,发展而又变异,腐败、荒谬、混乱、无序,每天、每天所发生的事情,都超出人类的常情与常理。人类用数千年建立起来的情感秩序、道德秩序和人的尊严的尺度,正在那阔大、古老的土地上,解体、崩溃和消散,一如法律的准绳,正沦为孩童游戏中的跳绳和皮筋。今天,以一个作家的目光,去讨论一个国家的现实,都显得力不从心、捉襟见肘;然对于那个作家言,因为这些本无好转,却又不断恶化、加剧的无数无数——人们最具体的饮、食、住、行和医、育、生、老的新的生存困境,使得那里芸芸众生者的人心、情感、灵魂,在那个作家眼里,从来没有像今天这样焦虑和不安,恐惧而兴奋。他们等待着什么,又惧怕着什么,如同一个垂危的病人,对一剂虚幻良药的期待,既渴望良药的尽快到来,又担心在它到来之后,虚幻期待的最后破灭,而随之是死亡的降临。这样期待的不安和恐惧,构成了一个民族前所未有的焦虑心。这颗民族的焦虑心,在那个作家那儿,成了最为光明处的阴影;成了光明之下的一道巨大幕布的另一面"。显然,阎连科在这里不是做政治上的价值判断,这是一种忧患和大爱,是想把黑暗转成光明的一种思考和期待。

与"黑暗"相关的另一个词是"焦灼"。《受活》出版后,阎连科自己对这部小说的解释是:"《受活》对我个人来说,一是表达了劳苦人和现实社会之间紧张的关系,二是表达了作家在现代化的进程中那种焦灼不安、无所适从的内心。如果说《日光流年》表达了生存的那种焦灼,那么《受活》则表达了历史和社会中人的焦灼和作者的焦灼。"[3] 我曾经在一篇文章中提到,这种紧张的关系以及持续不断、未见缓解的内心冲突,让阎连科的小说文本充满了张力,有时也使他的写作少了从容而多了急迫。在阎连科的作品中,《丁庄梦》无疑是部最直接介入现实的作品。《丁庄梦》重新关注人性、伦理、道德这些日常的问题,一个艾滋病的题材,揭示了人类共有的问题,作者的大爱贯穿始终。卖血的农民固然无知愚昧,而他们生存的环境和命运又为何至此?"流在地上的血,如开在春天里的花。"丁庄的梦,是恶之花。阎连科说:"希望我的小说充满一种刺心疼痛的感觉,充满着对我们这个民族和土地的刺心热爱和关注。"阎连科在代后记《写作的崩溃》中如是说。由现代化进程而来的焦灼，则催生了《炸裂志》。

还有些关键词，比如"荒诞"，评论界谈得比较多，这里不再赘述。

五

在解释了这样几个关键词以后，我们或许对阎连科和阎连科创作的主要方面有了一定的认识。我在这个演讲中，无法对阎连科的创作进行深入细致的分析，但可以向大家推荐几部阎连科的小说，并简单说说我的理解。

阎连科1990年代以前的小说，以《年月日》和《日光流年》为代表，是"乡土中国"的"寓言"。《年月日》和《日光流年》等关于苦难、命运、生命、死亡、疾病、土地、权力的叙事，呈现了被"现代化"叙事压抑的乡村历史。我认为阎连科关于乡村的叙事，和他的前辈鲁迅、沈从文有所区别，也和他的同辈作家莫言、贾平凹等不同。

2004年问世的《受活》是阎连科小说创作的一次飞跃。有人将这部小说视为中国的《百年孤独》。我认为，阎连科这部小说重写了乡村政治。这种乡村政治是体制、政治人物和生活世界三位一体的网络结构。"脱贫致富"是乡村的政治现实,世俗生活,也是一种价值取向。我们在这部小说中可以看到,生活的目标如何让人在生活中异化。

2013年的《炸裂志》可以说是《受活》的姐妹篇;《炸裂志》又与《四书》为邻,从历史和现实的不同侧面进入他理解的"当代中国"。阎连科并不只是关注贫困与革命时代人的命运,同样深切关注富裕与后革命时代人的命运。"炸裂"的命名,是关于当下的一个隐喻。阎连科用一种方式解构了"炸裂"的"宏大叙事",由此突出了发展中的问题。

2011年出版的《四书》重现了黄河边的中国以及知识分子的流放生活和与此相关的芸芸众生的沉浮。阎连科在历史的大背景中对知识分子和普通民众无法掌握自己命运的无奈、无知与挣扎描写得淋漓至尽,而他自己的忧愤、悲悯、拷问也贯穿其中。正是由于有了《四书》这部长篇小说,中国当代文学才有了正视历史的可能。同样重要的是阎连科在《四书》这部作品中想象和塑造"当代中国"的方式,在小说文体上,《四书》同样具有非凡的创造性。

我从几个方面,试着回答阎连科是谁。这篇演讲的题目,或许可以改为:谈论阎连科的一种方式。

注释

［1］这篇文章系2016年11月我在日本中国现代文学研究恳谈会上演讲的整理稿，原题为《阎连科是谁》。

［2］阎连科：《我为什么写作》，王尧、林建法主编《我为什么写作——当代著名作家讲演集》，郑州大学出版社，2005年版。

［3］李陀、阎连科：《〈受活〉：超现实写作的重要尝试》，《南方文坛》2004年第2期。

辑五

我梦想成为汉语之子

因为写了一部小说，不少朋友将我的身份区分为批评家、学者、散文家和小说家，这些让我汗颜的名号，会压得我喘不过气来。我只把自己视为一位"写作者"，在写作中我没有身份转换问题，也不会根据身份去设计文体。我想写小说，或者想写散文，就努力去写了。我想写自己想写的东西。我崇敬的现代文学史上的那些称为文学家的人，他们常常在多个文学文体创作或研究领域有所成就，我虽不能至，但心向往之。身份常常是藩篱，忘记身份或许可以解放自己，此刻，我想回避"小说家"的命名。

坦率地说，我已经过了想做作家的年龄，同龄人中的优秀者早已在我问学之初就写出了优秀作品。梦想文学是简单的，我青少年时期的多数梦想都与文学有关。我高中开始写作小说和电影剧本，但没有一篇是完成的。我常常在小镇石板街文化站的玻璃窗前驻足，那里面展示公社业余作者的散文小说诗歌剧本等。我没有想象过自己的名字在玻璃窗里出现，但我很想去县城的文化馆看橱窗里的作品。语文老师说，文化馆发表的作品比公社文化站强多了，他不久也会有作品在那里发表。这位老师是我小说中写了《向着太阳》的杨老师的原型。高中毕业前我唯一一次去县城是暑假去体育场割草，我们根本没有时间去逛街。当时，我没有失落感，我订了《朝霞》和《解放军文艺》，我不相信县城文化馆发表的作品比这些杂志上的作品厉害。等到有一天我可以在县城从容闲逛时，文化馆已经没有了。

事情就是这样，那些在今天看来失败的、非正常的文学最初哺育了我。我现在当然意识到，我们这一代人不能走得很远，与这个"最初"有关，而不仅仅是"现实"的某些原因。作为很长时期从事"文革"文学与思想文化研究的学人，我不会把那个"最初"简单化，也不会因为"最初"的失败而牵连到对当代文学与文化的整体评价。但我始终提醒自己，我对"最初"的研究其实是一次自我批判。尽管自己微不足道，但总是在历史之中。一个"弑父"者可能会成为英雄，但他的血管里流着父亲的血，也许有一天儿子看他时，看到了祖父的影子。我们这一代人保持对自己思想来源的警惕，不是没有必要。那些日子里我又读到了《红楼梦》《水浒》，还有《呐喊》《彷徨》《朝花夕拾》《我的大学》《钢铁是怎样炼成的》等，甚至读到了《金瓶梅词话》。这些作品在另外一个方向上哺育了我。我现在无法计算这些不同类型、不同气质的作品给了我什么样的影响，它们模模糊糊存活在我的阅读经验、感情记忆和思想深处，此消彼长。

我是在分裂的语言中长大的，可能不仅是我，我们这一代人都是。一个人的成长特别是一个写作者的成长，总是在清理自己语言生活中的一部分。风生水起的80年代重塑了我们这一代，包括我们的语言。当我们尝试用另一种语言来表达自己对世界的认识时，也不能完全告别那个"最初"。这是一个痛苦的至今尚未完成的过程。语言对应的是认知、思想、感情和思维，当我们换一种语言表达时，其实也是改变自己的认知、思想、感情和思维。语言和思想互相转换。尽管那是青少年时期的生活，但它已经存在于自己的血脉之中，现实中的一些因素又不时复活我试图抑制甚至清理的那一部分。夸张地说，换一种语言表达，就是换一次血。因为有了80年代，我们才走近"五四"，走近"五四"那一代知识分子。也是在这个时候，我才对现代汉语以及汉语的思想表达方式有了初步的认识。

分裂的语言究竟给我们留下什么样的影响（正面与负面的），现在也难以说清楚。但我明白，我今天的问题首先与昨天有关，然后才与今天有关。如果说之前更多的是被历史塑造，后来则是历史塑造和个人选择的双重结果。语言与思想、词与物的关系是复杂的，简而言之，当我主动或被动选择一种说话方式或一种文字表达方式时，我的"思想"已经在说与写之中。但彼此之间也非一一对应，难免有无法控制的缝隙，有许多意外之音自觉不自觉地在口齿和笔下流淌出来。或者，选择一种说话方式或一种文字表达方式时，又会被另一种方式牵扯。这就是我们这一代人的复杂性。面对一些事物，我们内心有清晰的价值判断，但有时会模糊表述，也会犹疑、沉默或闪烁其词。在终于准备完成《民谣》的写作时，我意识到需要以赤子之心坦陈自己的思想，敬畏自己的语言。

如此，我不能不经由语言回到那段历史中。我不是写"我"的历史，是写"我"在历史之中。我在为《收获》公众号写的创作谈中说："如果说我有什么清晰的意识或者理念，那就是我想重建"我"与"历史"的联系，这个重建几乎是我中年以来在各种文体的写作中不间断的工作。我在文学批评、文学史研究和一段时间以来的散文写作中，一直在询问这个问题，我自己的清醒、困惑、迷失、寻找、反省、愧疚、欣慰等在这个过程中时隐时现。也许我并不是在寻找自己，我只是询问与我相关的一段或几段历史的那一部分。"有一位年轻朋友读了这段文字后问我：你们60后这一代学人为何特别愿意谈论历史？其实，谈论历史应该是所有学人的常态。我们这一代人经历了已经是历史的几个阶段，比如"文革"和"80年代"都成了历史的一部分，我们是在这样的历史中长大的，学术的训练也养成了我们这一代人喜欢谈论历史的特性，谈自己就要谈到历史。历史对我们这一代人塑造的痕迹很重，然后我们又在新的语境中反思历史。有意义的是，在我们这一代人开始学会反思历史时，曾经的历史论述解体了，正是这样的契机，我们才有可能放弃一种语言。

回到我自己的那个村庄（不是我笔下的村庄），我发现人的生存状态、命运与分裂的语言秩序有关。诗分风雅颂，一个村庄的语言也是这样。在普遍意义上，父老乡亲说的是"风"，但他们离"雅"很远，离"颂"很近。这正是历史的吊诡之处。他们中的绝大多数人生活在"风"中，或言语或沉默，其中一些人我只听过他们喊我的名字，或者听他们问别人吃饭了吗。他们只有生活，没有语言，生活就是他们的语言。其中的个别人，生活在"风"中，偶尔也"颂"（广义的），但多少年过去了，他们又回到"风"中。我熟悉的那些乡村知识分子，他们从书本里学来的"雅"早被风吹雨打去，偶尔会文雅起来。其中的一些人因为教书，保留了部分"雅"的语言。也正是这些乡村知识分子，他们在那个局限的空间中常常是"颂"的转述者，但不是创作者。我在初高中时期的作文等，其实也是另一种"颂"。这种分裂的语言生活，其实就是历史本身。

如果说我在写作《民谣》时有什么特别用心之处，那就是我想呈现曾经的分裂的语言生活。卷一至卷四的叙述和"杂篇"的注释是我今天的文字表达方式，"杂篇"和"外篇"则残存了另一种语言的状态。我尝试写作"杂篇"和"外篇"，既想还原我们曾经的语言生活，也想探究我们思想的来源。卷四的语言有些飞扬，那是我和我的伙伴们想挣脱某种语言的束缚。我的语言并不忧伤，是那些人、事、物让我忧伤起来。但我坐在码头上,阳光像一张薄薄的纸垫在屁股下,我同时有了破碎的温暖。我在一篇文章中写道:也许因为这个村庄的古老,我总觉得它的阳光潮湿,散发着我难以名状的气息。这气息弥漫着许多人的呼吸,我熟悉的陌生的那些人;还有草木枯荣的清香和腐朽。好像历史和人的命运就在这呼吸与枯荣中沉浮。我不知道从什么时候开始,我的内心有了一丝忧伤,然后又是什么温暖了忧伤。记忆在我的语言中,我在语言中呼吸。我用语言留下记忆,用语言抵抗虚无,也用语言虚构记忆。

因为离开了村庄,我才可能在"世界"中识别分裂的语言和它的声音。汉语流浪到世界各地,于是汉语又被称为华语。我不习惯华语这样的说法,但我知道我们讨论汉语的参照系变化了。那些"华语作家"的汉字仍然连接着一个伟大的传统,在我第一次访问欧洲时,我见到了一位华裔作家,她用普通话对我说:我没有去过大陆,但我在唐诗宋词中熟悉了祖国。而后来更为广泛的接触和阅读告诉我,连接着一个伟大传统的汉字在华语写作中又融入了另外的传统。我们无法把汉语写作孤立起来,无论是过去、现在,还是将来。

我知道,在分裂的语言中,个人的语言是孤独的。如果我梦想成为汉语之子,我只能再次告诉自己:个人的语言是孤独的。

: 关于文学批评的闲言碎语

按照通常的分类，我是广义的"批评家"。我现有的文字，多数是文学史研究，少数是文学批评，有些介乎两者之间。这与我也主张中国当代文学研究分为文学史与文学批评有关，事实上两者常常难以截然分开。即便是文学批评也需要以文学史为潜在的参照，这一观点或许保守，但审视被诟病的文学批评，其问题之一便是因为没有文学史参照而信口开河。我的同行朋友中，确有专注文学批评的，但这一类型的批评家现在似乎越来越少，越来越多的批评家在形成文学研究的专门领域。

这一变化与学术体制的强大力量有关，现在的文学研究者大多在学院受过学术训练，学院通常引导学生侧重专题的、综合的研究。从茅盾先生开始就比较成熟的作家作品论这一文学批评的形式，虽然仍为许多研究者使用，但由于当代文学研究经典化、历史化的倾向越来越强烈，作家作品论便存在严选对象的问题。另一方面，学术体制的训练也可能钝化研究者对当下文学生产的敏感，或者使研究者教条主义处理当下文学生产现象。因此，面对繁复的文学生产现场，批评家对文本的及时性阐释其实是一件极其艰难的学术工作，它考验批评家的文学史视野、价值判断和审美判断，也考验批评家快速反应的能力。我对批评家及时阐释当下作品的工作一直保持高度的敬意，这些及时性的批评是此后文学史论述的基础。

但问题也在这里，由于是及时性的批评，这些批评文字选择的文本与意义的阐释随着时间的推移能否成立便成了疑问。一个批评家，他可能成功地选择了文本，也对文本做出了经得住历史推敲的解读；也可能错误地选择了文本，可能在肯定、否定（其实在肯定与否定之间，还有其他的面向）之间做了错误的判断，这也是一种正常的现象。而一个优秀的批评家，即使他出现了我所说的这种错误，但他有可能在批评文字中留下了与文本相关的问题，而这些问题具有讨论的价值。所以，做一个优秀的批评家是非常困难的。我也做过一些及时性的批评，但胆战心惊，觉得在短时间做出准确的判断是高难度动作。在这个意义上，我并不是处于一线的批评家，当然更不是一个优秀的批评家。

试图在文本与世界、现实之间建立联系，与我们这一代人的成长背景有关。已经变得遥远的少年时代，我读到了鲁迅先生的《朝花夕拾》、《呐喊》和《彷徨》，并在作文时模仿先生的笔法。在青少年时期，我又读到了在当时也遭到批判的"红色经典"，读到了高尔基的《我的大学》、奥斯特洛夫斯基的《钢铁是怎样炼成的》，读到了《水浒传》和《红楼梦》。这些阅读经验构成了我对文学的最初理解。读大学毫不犹豫选择中文系、选择文学研究为业，很大程度上与青少年时期的这些阅读有关。我们在风云激荡的80年代成长，那是思想的年代、启蒙的年代、文学的年代。这样的经历让我觉得在很大程度上文学研究也是研究者的精神自叙传。正因为经历了70年代、80年代，我个人的学术研究，也是对自己成长背景的批判。在"文革文学"研究的相关论文中，我也曾经提到，对"文革文学"的研究是从自我批判开始的。那段历史是我们的成长背景，又部分地延续在现实和我们的身上。回到"五四"、重读鲁迅、赓续传统、吸纳西学，是延续至今的脉络。在这样的脉络中，"五四"和"80年代"成为我和我们这一代批评家最重要的思想资源。

重建文学批评和文学创作的关系，是改革开放四十年文学的成就之一。在某种意义上说，新时期文学的发生和发展得益于在思想和学术上具有先锋性的文学批评，相当长时间内的文学批评一直处于思想解放的潮头。最具活力的文学批评，不仅在学术上更新知识、理论和方法，而且在现实语境中关注文学生产的现象、问题，在文本与现实之间建立起密切而广阔的联系。创作与批评的关系建立在文学信仰的基础上，生存于健康的文化生态中。如果意义、思想、价值、审美、诗性、彼岸等仍然是我们精神生活的关键词，文学批评不仅不可或缺，而且必须以自己的方式参与其中。批评家需要对文学现象、文学文本做出价值判断。就文学史研究而言，批评家要为文学作品的历史化、经典化做出最初的选择。在作品和读者之间，批评家需要提供理解作品的参照。我没有用引导这个措辞。往崇高处说，批评家的责任是守护文学信仰。批评家并不是因为这个职业而具有承担这些责任的能力，不断反省自己、叩问自己、充实自己，也是批评家的另一种责任。

近几年来，我关注的学术问题之一是如何将当代作家作品历史化、经典化，由此重读了一些重要的作家作品。汪曾祺是其中之一。汪曾祺一直是我关注和研究的重要作家。在上个世纪80年代末90年代初，我曾经写过讨论汪曾祺散文的文章。在90年代初，我出版了《中国当代散文史》，这本书第一次把汪曾祺作为散文家写入文学史。之后又讨论过汪曾祺"士大夫"特质与散文、小说创作的关系。那时关于当代散文家的研究通常选择职业散文家，但中国文学史和阅读经验告诉我，我们有很悠久的文章传统，现代以来很多诗人、小说家的散文都是上乘之作，有些作品也成为文学史经典，这样的例子很多。当我在遴选自己认为可以入史的散文家时，孙犁、汪曾祺始终在我的研究思路中呈现。和孙犁一样，汪曾祺也是以小说名世，评论界更多的是将他定义为小说家。当然，在讨论汪曾祺小说时，评论界充分注意到了他的小说散文化倾向。汪曾祺有一本散文集《蒲桥集》，封面有汪曾祺自拟的"广告语"，大意是说，他是散文第一，小说第二。我想超越小说和散文的分界，将汪曾祺定义为文章家。

所谓"重读"，是试图对汪曾祺和汪曾祺的创作做出新的阐释。新的阐释不是推倒既往的论述，而是要对已经形成的共识加以学理的解释，对未发现的意义加以挖掘，对偏颇的评价加以纠正。我调整了讨论汪曾祺的一些思路，觉得要在中国文化、文学的内在脉络中讨论汪曾祺，讨论汪曾祺文本的内部构成。现在我们比较多地强调弘扬优秀传统文化，这是对的，当代文学创作不是简单地回到传统，既要传承也要转换；同时，不仅要重视"旧传统"，也要重视五四以后的"新传统"。汪曾祺的创作也传承了鲁迅、沈从文、废名的传统，这是不能忽视的。另一个需要关注的问题是，要在对话关系中讨论文学问题，我们说汪曾祺是"士大夫"，他同样是一个现代知识分子，他并不拒绝西方文学的影响。因此，汪曾祺的创作在当下仍然具有启发意义。

作为近四十年文学的观察者，我偏好在这样的脉络中研究当代文学史，讨论当代作家作品，即在来龙去脉中对当代文学做"关联性"研究。当讨论当代文学与"旧传统"、"新传统"和"外来文化"的关系时，我不时和汪曾祺相逢。汪曾祺是位有"异秉"的作家，但他的创作并非孤立的现象。汪曾祺衔接了"旧传统"、"新传统"和"外来文化"，在贯通中完成了创造性的转换，从而形成了自己的独特风格。汪曾祺的选择和转换，在当下仍然具有启示性。当我试图对汪曾祺和汪曾祺创作做出这样那样解释时，一些困惑消除了，一些困惑产生了，我在行文中留下了自己思想、精神和文字的状态。

在强调文本与世界关系的同时，我以为个人生活对批评家同样重要，这是我提出我们的故事是什么的原因之一。一个作家或批评家在现实世界中，有两种生活：个人生活，社会生活。我这里所说的个人生活，主要不是指作家的经历，或者是作家在现实社会中的遭遇，而是指与个人气质相关的个人生活方式。没有个人生活的作家，不可能成为优秀作家。我们重视个人生活，其实不是在日益需要慢生活的时代模仿或者恢复到这样的生活方式，而是要看到作家的个人生活在一定程度上是和作家的创作构成了一个整体，从而也将作家的创作和他的个人生活联系在一起考察。同样，一个批评家如果缺少个人生活，他的文学批评文本也将缺少个人的气息，这里的气息不仅是指精神，还包括语言、论述方式等。当然我并不讳言个人生活对作家、批评家的限制。固定化的个人生活方式和对生活的理解，也可能会影响作家、批评家与社会生活的广泛联系。在研究汪曾祺时我谈到他的小说是"过去"的"记忆"。记忆复现的心理过程，是虚构和叙述语言展开的过程，带有鲜明的人格色彩。记忆是可以淡化和遗失的，而现实生活呈现了创作的广阔道路。汪曾祺长于前者，而短于后者。当然，任何一种个人生活方式都可能成为一种局限，汪曾祺的晚年显然也受此限制，我在他的一些笔记小说中感受到了他创作力的衰退。

对个人生活的重视，在很大程度上是对自己精神世界的询问。我曾经在一篇学术随笔中反省过这样的问题。

如果把写作分为"创作"与"研究"两个部分，我最早的训练应当是"创作"，这是从小的一个梦想。在大学教书后，我开始进入散文研究，也偶尔写点散文之类的文字。这样的阅读和研究现在看来对我精神、情感和文字有很大影响。在散文研究中，我和上一代的知识分子有了更多的内心对话的机会。我一直想强调，散文研究和小说研究不同。研究小说时我们更多的是在故事中和人物对话，散文研究不一样，研究者是在字里行间和散文家的心灵对话。所以，文字和精神的因素在散文研究中是突出的。以前说，批评阐释的是自己，这句话其实更适合说散文研究。

在《乡关何处》中，我提出"散文是知识分子精神与情感最为自由与朴素的存在方式"，又说这本书是自己的精神"自叙传"，后面的这句话讲得太大了，但表明了我的心迹，我从来不把自己排除在研究之外。我一直无法抑制自己写散文随笔的冲动。文体的自由对我来说不是小事。当时，有朋友邀请，我在南京的《东方文化周刊》上开了一个专栏，主要是讨论"文革"时期一些重要的文学现象以及从"文革"开始写作后来在新时期也十分活跃的作家。2006年,我又在《南方周末》开了一年专栏《纸上的知识分子》。这些文章的内容和我的"文革文学"与当代思想文化研究其实是一个整体。在我自己的写作计划中,我有一个宏大的想法,就是尝试用不同的文体来阐释我对"文革"及当代中国的理解。除了学术的方式外,我对用散文随笔的形式解读这段历史也有浓厚的兴趣。2010年,我在《读书》上开了一个专栏,此后隔了许多年,在《收获》和《钟山》相继开设了《沧海文心》和《日常的弦歌》,仍然用散文的方式表达我对历史、现实与人的理解。

说起学者创作的问题,我们这代人比起现代学者、作家惭愧得很。以前文人的传统是写文章的,后来是写论文。我一直喜欢文章这样的说法,但如果把论文说成是文章,别人就会觉得你的论文没有学术性,可见,西学东渐以后,西方的学术传统和学院体制已经把我们彻底改造了。但我们同时也可以发现,一个人只要他纯粹在写作的意义上理解他的工作,我想他可以不在乎体制的、功利的压力,从而去培养、发现自己另外的能力。学者是否可以是作家,答案自然是明确的。比如说,我们通常会认为文章是性情的、才气的,论文是学术的、思想的,这其实是没有道理的。如果文章中没有思想和学术,那么我们怎样认识中国的传统文化?所以,我主张赓续和恢复文章传统。

文章可以保留和呈现个人的趣味。有趣味的人越来越少了，这是多么没有趣味的生活。我们这代人缺少写文章的训练和意识，受西学的影响甚大，长期在理论体系中徘徊。这可能会让我们不断疏远我们的传统，而且也会不断背离汉语写作的文字、性情、趣味、格调等要素。我并不认为我是个有才情的人，或者是文字修养怎样了得的人，但长期以来，在做学术的同时，我一直心仪博大、悠久、浑厚、美丽的中国散文传统，迷恋文章。相比之下，我写文章的兴趣远高过做学术论文。因为在学院中，我自然不会放弃自己的职业，但也不会放弃自己的兴趣，我深知放弃自己兴趣的痛苦，许多人现在便处于这样的痛苦之中。以现在这样分配精力的方式，我写散文随笔的数量可能有一天会超过学术论著。我常常为此兴奋不已。其实，任何一种文体都有局限，无论是文章还是学术论文。即使在自己的专业范围内，学术论文也不足以承担自己想要表达的内容，比如细节，比如叙事的方式，比如写作者个人的情怀等，就常与学术体例不符。而文章没有这类禁区，它对写作者的限制要少许多，对写作者的要求则和写论文不分彼此。这也是一段时间以来我写作散文随笔的一个重要原因。

我只想做一个写作者

以多种文体研究学术、阐释思想和表达审美是汉语写作的一个传统。所谓文史哲不分，其实也可以理解为写作的跨界和跨学科。在广义的文章范围内我们通常所说的写文章，包括写诗、写散文、写小说。新文学之后，文学从文章中分离出来，但新文学作家仍然在文章传统之中，他们仍然在写文章，左手论文右手散文，或左手散文右手小说，抑或左手散文右手诗，这是新文化的传统。我们熟悉的学科体制内的训练，粗糙地说，是剪除与专业无关的枝叶，在一根树枝上结出果实。这一方面体现了专业分工的合理性，另一方面也抑制了专业之外的其他可能性。以研究文学为主的学术，其本身似乎只有和文学性分离才能保持学术性。这是悖论，还是被制造的困境？我们研究新文学、讲授新文学，但新文化的传统在我们这一代学人身上几乎断裂了。我知道自己虽不能至，但心向往之。

如果从青少年算起，我个人并无多少自己的故事和辉煌的写作历史。在念大学之前，我能读到的书只有《红楼梦》《水浒传》《西游记》,《朝花夕拾》《呐喊》《彷徨》,《钢铁是怎样炼成的》《母亲》《我的大学》《卓娅和舒拉》,《林海雪原》《铁道游击队》《野火春风斗古城》《红旗谱》《三家巷》《苦菜花》，以及《解放军文艺》《朝霞》《人民文学》等杂志上的作品。《金瓶梅词话》翻了几十页就悄悄还给同学了，批林批孔时读了《论语》的节选。这看似丰富的书单是多么的贫乏，今天无法设想这些书启蒙了我的文学理想。80年代以后，突然接触到那么多书，我这才知道文字的世界和文字之外的世界是那样浩瀚辽阔。

我们这一代人青少年时期若是能有正常的阅读生活，今天的状况也许要好许多。我后来写作的《一个人的八十年代》，大致反映了那个年代我的理想、学习和生活状态。青少年时看重时代，肖像是我们，80年代我们变成了我，现在个人与时代重叠。好像是1975年夏季开学后，再次看了电影《闪闪的红星》之后，我在教室里连续几天写所谓电影剧本；看了几期《朝霞》后，又模仿写作诗歌。直到1980年，我在东北的一个青年杂志上发表了两首散文诗，在同学们的起哄中，我用稿费买了二十几个馒头，大家在县城的街上开心地吃了起来。再次发表所谓作品，是《散文世界》创刊后，我的老师范培松先生推荐了我的几篇散文，新近出版的《时代与肖像》收录了其中的两篇。在这组散文发表时，我的兴趣已经转向学术，曾经的文学创作理想变成了文学研究，这是漫长的思想生成和价值重建的过程。

从80年代中期开始，我差不多集中了十年时间研究中国现代散文，先后出版了《中国当代散文史》、《乡关何处——20世纪中国散文的文化精神》和《询问美文》等。长期浸淫散文，在很大程度上训练了我的语言感觉，获得的另一个启示是现代学人应该寻找自己的表达方式。就此而言，《询问美文》在我的问学道路中是自觉运用表达方式的开始，我试图让论文接近文章传统。这个时候，我又开始写作散文，出版了散文随笔集《把吴钩看了》。方鸣先生特地为这本小书做了毛边书。当我在散文研究中关注"文化精神"时，我的注意力逐渐聚焦20世纪中国知识分子的思想命运。这影响了我对博士学位论文研究对象的选择，最初我想做《新青年》或《新潮》杂志，后来确定以"文革文学"为研究对象。论文的资料准备几乎让我终身受益，完成博士学位论文后，我又编选出版了12卷本的《文革文学大系》。但我发现博士学位论文和文献汇编不足以表达我对当代知识分子的理解，我想到能不能用不同的文体形式，来表达我对当代史和知识分子的理解。

历史的肌理常常在那些散落的、被忽略的细节中。按照现在的学术建制，学术论文和著作通常是删除这些细节的。我的疑问是，如果把这些组织起来，关于历史的叙事能否和历史的论述一样有价值。我最初的尝试是，2006年在《南方周末》写作了一年的专栏《纸上的知识分子》。为了写好这个专栏，我特地去湖北咸宁向阳湖考察了几天。那个曾经叫"向阳湖干校"的地方，留下了许多当代知识分子的足迹。我记得从武汉乘坐火车去咸宁时，拥挤的车厢和气息让我有一种莫名的感觉,等我回到苏州时大家突然处于"非典"的恐惧氛围中。咸宁之行,部分调整了我对知识分子与民众关系的认识,这些在"纸上的知识分子"中留下了痕迹。"纸上的知识分子"结集出版时,书名因故改为"脱去文化的外套",我在封面上加了一行文字:一本知识分子的长短录,纸上烟雨苍茫。好像从那个时期开始,我文字的调性有所变化,笔底常常流出些许忧伤。或许人到中年,又经历了一次是行政还是学术的选择,我内心深处有了烟雨苍茫的感觉。2008年冬天一场大雪,阻挡了我回乡过年的道路,但我见到了久违的冰凌,我小时候叫它冻冻丁。在冰凌越来越长时,我突然觉得自己离故乡越来越近了。等到冰雪消融,我也完成了《一个人的八十年代》的写作。我在乡村、大学、城市间往返,第一次用如此长的篇幅连接我与乡村,复原80年代大结构中的边缘之处和被主流话语删除的细节。

写作这部长篇散文时,我也参与了重返80年代的学术讨论,我对80年代的理解影响了我对"一个人的80年代"中的乡村、城市和大学的书写。当时我曾经有一篇《答客问》说到自己想用多种文体来表达自己对一段历史的理解,现在想来我每次集中写作散文随笔,都与我学术研究思考的问题有关。2010年上半年我在哈佛-燕京学社访问,这是特别沉寂的半年,我强烈意识到一个人文学者需要有独处的状态。我相对封闭了一个空间，另一个空间平静展开。我后来时常说到在中国看世界与在世界看中国的互动关系，与我这一经历有关。在美国以及后来访问法国和捷克时，我也试图在世界范围内关注"革命"问题。回国以后，我应《读书》主编贾宝兰老师之邀，以"剑桥笔记"为题，在《读书》发表了一组散文随笔，在关注20世纪中国知识分子的思想命运时，我开始集中思考"思想事件"。学术研究通常是对材料的分析阐释，材料背后的细节、故事和事件在作为学术建制的文学研究论著中如果不被删除，通常是作为注释出现的。如果分析材料是学术研究，那么，叙述材料背后的细节、故事和事件就是散文写作了。但这两者未必是截然分开的。

此后将近十年时间，我的主要精力都用于学术研究。我早年潜心研究现代散文，后来转向中国当代文学史研究。如果不是遇见时任《当代作家评论》主编的林建法先生，我几乎不会从事文学批评。在学科内部，文学史研究和文学批评几乎是两个行当。2001年7月从台湾东吴大学客座回来后，我在相当长的时间里和建法合作，组织策划了一些文学活动，这是我文学批评的十年。除了组织"小说家讲坛"、策划"新人文对话录"、写作作家作品论，我还持续做了十几年的文学口述史工作。从哈佛-燕京学社回国后，我自己的重心又逐渐转移到文学史研究，兼及文学批评，更多的文章可能介乎文学史研究与文学批评之间。文学史研究通常是论述历史，我尝试的口述史也许是叙述历史。我在口述史书稿中省略了我的提问，提问几乎都是从细节开始，而不是从理论出发的，尽管在大的架构和问题的选择中包含了我的理论的思考。众多的口述者在叙述文学生产的细节、故事和事件，我觉得这很符合我的初衷和关于文学史作为文章的另一种想象。在史学界，黄仁宇的《万历十五年》、史景迁的史学著作等，都在关于历史叙事的方式上给我诸多启示，我觉得应当尝试写一部叙事体中国当代文学史。这个持续了十多年的想法逐渐清晰起来，从前年开始我再次沉到材料之中，这就有了今年将在《文艺争鸣》陆续发表的《叙事体中国当代文学史》。作家访谈录、口述史和叙事体文学史都溢出了我熟悉的学术建制。我不觉得这是跨界，而是一种融合或混杂，是学术论述和散文的融合或混杂。

对一个学人而言，叙事能力和论述能力是否同等重要？即便不是同等重要，叙事能力可否或缺？在长期的学术训练和学术研究中，我们对学人的叙事能力通常忽略不计。如果对叙事的理解不仅是从叙事学出发，也带有一定的实践经验，我们对文本的分析或许会更为"内行"。我们在指导学生时，侧重的是如何分析叙事，很少兼及叙事实践。学者或批评家一旦从论述转到叙事，即被认为是跨界而被称为散文家或小说家。"剑桥笔记"后将近十年，我几乎没有再写散文，曾经看重的叙述能力也在减弱之中。"剑桥笔记"系列发表时，程永新先生电话问我如有合适的内容，可以在《收获》开设一个专栏。这让我激动不已。八年之后的2018年秋季，程永新先生电话问我准备得如何，我说了几个选题，他建议我写抗战陪都时期的重庆文化人。这就有了2019年的《收获》专栏"沧海文心"。在最初的写作中，我感觉生涩，如何将材料转化成细节、故事加以叙述，又融入自己的思考和情怀，对近十年没有写作散文的我是一次磨炼。我逐渐找到感觉，特别是有了沉浸在历史场景和历史人物中的感觉，我仿佛生活在当年的重庆。写作这个专栏时，我两度去重庆，从那些历史场景走过时，恍惚遇见了我笔下的那些人物，甚至听到了空袭警报的声音。如果说文学史研究是和历史的一次对话，这类散文写作则是将自己的身心安放到历史之中。带着这样的感觉，我又受《钟山》主编贾梦玮先生之邀，在《钟山》开设了写西南联大的"日常的弦歌"专栏。此后一发不可收拾，虽然一直记得十多年前写《南方周末》专栏时发过的不再写专栏的誓，还是在《雨花》和《上海文学》上分别写了专栏《时代与肖像》《纸上的生活》，朱辉先生和来颖燕的不断劝说，让我再次进入不断拖稿不断被催稿的生活秩序中。"纸上的生活"开篇写到我的母亲，我无论如何也没有想到这个专栏的最后一篇文章《拔根芦柴花》是为母亲写的祭文，我这几年在笔端流淌的忧伤而温暖的气息似乎都为了母亲的生与死。

在长篇小说《民谣》发表后,我说我这一代人青少年时期没有故事,只有细节。因为这些细节是在历史中生长和沉浮的,它或许就成了故事。和《时代与肖像》一样,《民谣》是"我"的另一本《朝花夕拾》。我在这个"我"上加了引号,因为这是一部虚构之书。这是一次马拉松式的写作,我一直想把自己的世界观和方法论渗透在小说中,想把语言、形式、故事相对融合起来。这对贫弱的我实在是一个巨大的抱负和磨难。二十年中的大部分时间,这部小说断垣残壁地散在电脑中,熟悉小说开头那句话的朋友偶尔会询问这部小说的进度,我为此羞愧不安。当年博士学位论文《"文革文学"研究》答辩时,我在陈述中说研究这个阶段的文学也是一次自我批判。试图将"我"与"历史"相关联,是写作《民谣》的初衷之一。

"剑桥笔记"系列中有一篇《我们的故事是什么》。我在这篇自己比较喜欢的文章中提出的问题是:"近三十年来,我们不乏优秀作家作品。但是,和梭罗、鲁迅相比,我们并没有形成自己的简单、大度、独立、信任的生活。生活的格式化和思想能力的贫弱(不能完全说没有思想能力),足以让我们这一代人的故事雷同和贫乏。在这个挤压的时代中,我们能否有自己的故事和讲述故事的方式,也许决定了文学的生死存亡,也影响着知识分子的未来。"我想,我的写作或许都是回答我自己提出的这个问题:我们的故事是什么。

我是个"晚熟"的写作者。学术研究之外,我对散文、小说甚至诗歌的兴趣与尝试,并不表明我有多少才华。我只想进入自由的写作状态,即便是相对自由的状态,一些被压抑的因素因此可能被激活。毁掉自己的一种方式是放弃多种可能的写作。在论述之外,叙事、抒情、想象、虚构。是的,我只想做一个写作者。

跋

结集在这本书中的文章,是我的另一种文学批评。

从上世纪80年代末90年代初写作《中国当代散文史》开始,我问学之初也想走一条有"体系"的著述道路。盘点自己的学术写作,像模像样的"论文"居多,最长的一篇论文有六七万字的篇幅。这是我这一代学人在接受学院训练后的正常现象,我又以自己理解的学院方式训练我的学生。

然而我又是一个心仪中国文章传统的人,在"学院"中又在"学院"外。现代学术建立之后,学术论著成为一种规范的学术建制,这是无需否定的。但文学研究和文学批评的文体是否还有另外一种可能?我觉得回到文章传统或者两者兼容是可能的。或许因为有如此认识,我写了若干学术短论,一些也可称为学术随笔。这些文章大多数在五六千字,最长的也在万字以下。这些文字引经据典少,注释也少,甚至没有注释;所谓学理性的表述,也不乏感性方式。我的许多想法,虽经斟酌,但更朴素地散落在文章中。中国的学术文体多样,虽不能至,但心向往之。

这些文章大致观思潮现象、谈理论、说方法,也有我自己的创作谈。说这说那,其实都是说文学中的人,说文学中的问题,不免有些自己的思与想,或多或少显示了思想史视野下的当代文学研究的部分特点。结集时为书名颇费斟酌,曾经想用米沃什的诗句"沉思的时刻"和"在长满野草的轨道上爬行"。袁楠总编想到了刘禹锡的诗句"忽然便有江湖思",我加了副题"在文学的字里行间",陆志宙副总编和亚坤都赞同,这就有了现在的书名。

  日子过得好快,转眼已是芒种。天气时阴时晴,吃了枇杷,等着杨梅泡酒。小时候在乡下,这个时日会把向日葵籽种进土里,然后等阳光雨露,等葵花向阳。我现在要播种什么呢?

王尧
癸卯芒种